用经典滋养灵魂

龚鹏程

每个民族都有它自己的经典。经，指其所载之内容足以做为后世的纲维；典，谓其可为典范。因此它常被视为一切知识、价值观、世界观的依据或来源。早期只典守在神巫和大僚手上，后来则成为该民族累世传习、讽诵不辍的基本典籍。或称核心典籍，甚至是"圣书"。

佛经、圣经、古兰经等都是如此，中国也不例外。文化总体上的经典是六经：《诗》《书》《礼》《乐》《易》《春秋》。依此而发展出来的各个学门或学派，另有其专业上的经典，如墨家有其《墨经》。老子后学也将其书视为经，战国时便开始有人替它作传、作解。兵家则有其《武经七书》。算家亦有《周髀算经》等所谓《算经十书》。流衍所及，竟至喝酒有《酒经》，饮茶有《茶经》，下棋有《弈经》，相鹤相马相牛亦皆有经。此类支流稗末，固然不能与六经相比肩，但它各自代表了在它那一个领域中的核心知识地位，却是很显然的。

我国历代教育和社会文化，就是以六经为基础来发展的。直到清末废科举、立学堂以后才产生剧变。但当时新设的学堂虽仿洋制，却仍保留了读经课程，以示根本未隳。辛亥革命后，蔡元培担任教育总长才开始废除读经。接着，他主持北京大学时出现的"新文化运动"更进一步发起对传统文化的攻击。趋势竟由废弃文言，提倡白话文学，一直走到深入的反传统中去。论调越来越激烈，行动越来越鲁莽。

台湾的教育、政治发展和社会文化意识，其实也一直以延续五四精神自居，以自由、民主、科学为号召。故其反传统气氛，及其体现于教育结构中者，与当时大陆不过程度略异而已，仅是社会中还遗存着若干传统社会的礼俗及观念罢了。后来，台湾朝野才惕然憬醒，开始提倡"文化复兴运动"，在学校课程中增加了经典的内容。但不叫读经，乃是摘选《四书》为《中国文化基本教材》，以为补充。另成立文化复兴委员会，开始做经典的白话注释，向社会推广。

文化复兴运动之功过，诚乎难言，此处也不必细说，总之是虽调整了西化的方向及反传统的势能，但对社会普遍民众的文化意识，还没能起到警醒的作用；了解传统、阅读经典，也还没成为风气或行动。

二十世纪七十年代后期，高信疆、柯元馨夫妇接掌了当时台湾第一大报中国时报的副刊与出版社编务，针对这个现象，遂策划了《中国历代经典宝库》这一大套书。精选影响国人最为深远的典籍，包括了六经及诸子、文艺各领域的经典，遍邀名家为之疏解，并附录原文以供参照，一时朝野震动，风气丕变。

其所以震动社会，原因一是典籍选得精切。不蔓不枝，能体现传统文化的基本匡廓。二是体例确实。经典篇幅广狭不一、深浅悬隔，如《资治通鉴》那么庞大，《尚书》那么深奥，它们跟小说戏曲是截然不同的。如何在一套书里，用类似的体例来处理，很可以看出编辑人的功力。三是作者群涵盖了几乎全台湾的学术菁英，群策群力，全面动员。这也是过去所没有的。四，编审严格。大部丛书，作者庞杂，集稿统稿就十分重要，否则便会出现良莠不齐之现象。这套书虽广征名家撰作，但在审定正讹、统一文字风格方面，确乎花了极大气力。再加上撰稿人都把这套书当成是写给自己子弟看的传家宝，写得特别矜慎，成绩当然非其他的书所能比。五，当时高信疆夫妇利用报社传播之便，将出版与报纸媒体做了最好、最彻底的结合，使得这套书成了家喻户晓、众所翘盼的文化甘霖，人人都想一沾法雨。六，当时出版采用豪华的小牛皮烫金装帧，精美大方，辅以雕花木柜。虽所费不赀，却是经济刚刚腾飞时一个中产家庭最好的文化陈设，书香家庭的想象，由此开始落实。许多家庭乃因买进这套书，而仿佛种下了诗礼传家的根。

高先生综理编务，辅佐实际的是周安托兄。两君都是诗人，且侠情肝胆照人。中华文化复起、国魂再振、民气方舒，则是他们的理想，因此编这套书，似乎就是一场织梦之旅，号称传承经典，实则意拟宏开未来。

我很幸运，也曾参与到这一场歌唱青春的行列中，去贡献微末。先是与林明峪共同参与黄庆萱老师改写《西游记》的工作，继而再协助安托统稿，推敲是非、斟酌文辞。对整套书说不上有什么助益，自己倒是收获良多。

书成之后，好评如潮，数十年来一再改版翻印，直到现在。经典常读常新，当时对经典的现代解读目前也仍未过时，依旧在散光发热，滋养民族新一代的灵魂。只不过光阴毕竟可畏，安托与信疆俱已逝去，来不及看到他们播下的种子继续发芽生长了。

当年参与这套书的人很多，我仅是其中一员小将。聊述战场，回思天宝，所见不过如此，其实说不清楚它的实况。但这个小侧写，或许有助于今日阅读这套书的大陆青年理解该书的价值与出版经纬，是为序。

多彩多姿的民间歌谣

傅锡壬

在《乐府——大地之歌》一书的《前言》中，我已经将"乐府诗"的"由来""分类""特性"和"发展"等作了说明。相信对阅读这本小书的同好，有一些"导览"的作用。我既然想做一个称职的"导游"，在陪同读者踏入五彩缤纷的乐府园地，聆听祖先对大地的讴歌时，再说几句话，让各位对"乐府诗"有更清楚的了解，想必各位也不会觉得厌烦吧。

一、乐府诗是广义民歌的通称

"乐府"原是官署的名称，后来也成为民歌的代称。而"乐府诗"就是泛指民间歌谣而言。其后民间大量仿制此种民歌，遂成为诗体的一种，与"古体诗""近体诗"构成古典诗歌中的三大类型之一。而且"乐府诗"较之其他两种诗体更为灵活多变，因为它可以用古体，也可以用近体，还可以用杂言体、长短句来表达。只不过它的唯一条件是必须能入乐来唱。所以"乐府诗"又可以指配乐的诗歌。

从传说中的陶唐氏直到清季，代代都有配乐可唱的诗，所以代代也都有不同性质的"乐府诗"。而且它们多被收录在各朝正史的乐志或音乐志之中。

广义地说，我国早期的诗集《诗经》中的《国风》和《楚辞》中的《九歌》都具有民间歌谣的形式，只是收集《国风》入乐的是"采诗之官"，而《九歌》则是流行在沅湘的民歌，再经屈原加以润饰。只是《诗经》和《楚辞》在中国学术史上已经有了一定的地位，《诗经》为经部之首，《楚辞》为集部之首，也就不再把它们归为"乐府诗"了。

从汉代以降一直到清代，"乐府诗"的创作从没间断。既有旧题的承袭，也有新曲的制作。直到今天，近百年来，虽然政府中没有一个机构像汉代的"乐府"官署一样，负责民间歌谣的搜集、整理，但民间歌谣的创作，始终流行不辍。所以以"乐府诗"为可配乐的诗歌此一特质观之，20世纪20—50年代上海的流行歌曲，例如：《天涯歌女》《舞衣》《苏州夜曲》《秋水伊人》等，固属"乐府"，而50—70年代在台湾、香港等地的流行歌曲，例如：《神秘女郎》《情人的眼泪》《意难忘》《月亮代表我的心》《小城故事》《问白云》《甜蜜蜜》等也是"乐府"。甚至80年代流行的闽南语歌曲，像《舞女》《心事谁人知》《行船人的纯情曲》《惜别的海岸》《爱拼才会赢》等也是"乐府"。1976年以后，崛起的校园民歌，例如：《龙的传人》《归人沙城》《庙会》《外婆的澎湖湾》《鹿港小镇》《捉泥鳅》《秋蝉》《兰花草》等也是"乐府"。进而大陆五十余种少数民族以及台湾少数民族的歌谣，例如：

贵州山歌（落叶飘到吾家）

久不唱歌忘记歌，久不钓鱼忘记河。

好久不到这方来，这方凉水长青苔。

拨开青苔喝凉水，一朵鲜花冒上来。

藏族（在那东山顶上）

在那东山顶上，升起白白的月亮。

年轻姑娘的面容，浮现在我的心上。

如果不曾相见，人们就不会相恋，

如果不曾相知，怎会受这相思的熬煎。

侗族（你们可要到哪里？）

茫茫荒漠，你们可要到哪里？杳无人迹，你们可要到哪里？

变幻莫测，你们可要到哪里？一望无际，你们可要到哪里？

荒凉的戈壁滩，可陪我再睡上三千九百年？

在这楼兰古墓旁，能否看到我是怎么灭亡？

在永远的罗布泊，你们可陪我陪我陪我变成荒漠……

请你们跟随着我……

请你们跟随着我……

去寻找新的答案。

阿美族（马兰姑娘）

父母亲大人呀！请同意我俩的婚事。

我俩情投意合，爱情已深，山长水流永不移。

我俩亲事若未能蒙许，

我将躺在铁轨上，让火车截成三段。

这些充满生命活力又朴拙自然的天籁之音，又怎能摈弃于"乐府诗"之外呢？所以"乐府诗"是广义民歌的通称。

二、宋以后以迄明清的乐府发展

这本《乐府——大地之歌》中选析的作品是本于宋代郭茂倩的《乐府诗集》。然而宋以后以迄明清的"乐府诗"发展又如何？我们知道在宋代的音乐文学上，词已经是乐坛的宠儿，而且"词"也称"乐府"。如：苏轼的词集称《东坡乐府》、贺铸的词集称《东山寓声乐府》、王沂孙的词集称《碧山乐府》等。所以"词"虽也称"乐府"，但一般而言，已经不在"乐府诗"的研究范畴。若以广泛的民歌观之，宋代也确有不少从民歌中撷取养分的作品或因袭唐时乐府旧题的仿作。如苏轼的《陌上花》三首。引曰：

游九仙山，闻里中儿歌《陌上花》。父老云："吴越王妃，每岁春必归。临安王以书遗妃曰：'陌上花开，可以缓缓归矣。'吴人用其语为歌，含思宛转，听之凄然，而其词鄙野，为易之云。"

今引一首如下：

陌上花开蝴蝶飞，江山犹是昔人非。
遗民数度垂垂老，游女长歌缓缓归。

又如《阳关词》则是仿旧题之作，并收入《全宋词》中。今引如下：

暮云收尽溢清寒，银汉无生转玉盘。
此生此夜不长好，明年何月何处看？

辽金元时期，民间流行散曲，多数散曲，尤其"豪放派"散曲的风格已经十分俚俗朴实，且曲调人称"街市小令"，有些来源本出自民间。就广义的民歌而论，如陶宗仪《南村辍耕录》卷十九：

奉使来时惊天动地，奉使去时乌天黑地；
官吏都欢天喜地，百姓却啼天哭地。

至于文人的仿旧题之作，则如李思衍《鬻孙谣》：

白头老翁发垂领，牵孙与客摩孙顶："翁年八十死无恤，怜汝孩童困饥馑。去年苦旱谷未熟，今年飞霜先杀菽。去年饥馑犹哺糜，今年饥馑无余粟。"

客谢老翁将孙去，泪下如丝不能语。零丁老病惟一身，读卧茅檐夜深雨。

梦回独自误唤孙，县吏催租正打门！

明代的民歌地位，一如陈宏绪《寒夜录》所载卓珂月云："我明诗让唐，词让宋，曲让元。庶几《吴歌》《挂枝儿》《罗江怨》《打枣竿》《银绞丝》之类。为我明一绝耳。"又袁宏道《叙小修诗》亦云："故吾谓之诗文不传矣。其万一传者，或今闾阎妇人孺子所唱《劈破玉》《打枣竿》之类，犹是无闻无识。"如冯梦龙《挂枝儿》：

肩头上现咬着牙痕印，你实说是那个咬，我也不嗔，省得我逐日间将你来盘问。咬的是你肉，疼的是我心。是那一家的冤家也，咬得你这般样的狠。

明代仿旧题之作，则如刘基《乌生八九子》：

树上乌，一生八九子，相呼哑哑聒人耳。何不学衔泥燕，和鸣集桃李？又不学鹰与隼，奋翅高飞碧云里？何为巢此庭树间，啄腐吞腥饕吻觜？今年挟弹如流星，祸机潜发不见形。翅翎摧折身首磲，蝼蚁伤残谁汝惜？

清代搜集民歌而编集成册的风气盛于明代，据刘复、李家瑞编的《中国俗曲总目稿》所收俗曲就有六千零四十四种。又据郑振铎《中国俗文学史》，其尝收集各地刊刻之歌曲，近一万二千余种，可见清代民歌之盛。清代民歌的搜集，范围也较明代为广：有东南地区的粤歌，有西南地区的四川山歌，也有北方的秧歌等。王士禛《池北偶谈》卷十六"粤风续九"云：

粤西风俗淫佚，其地有民歌、猺（yáo）歌、狼歌、獞（tóng）歌、蛋人歌、狼人扇歌、布刀歌、獞人舞桃叶等歌，种种不一，大抵皆男女相谑之词。……同年睢阳吴冉渠（淇）为浔州推官，采录其歌，为《粤风续九》。虽株离之音，时与乐府子夜、读曲相近。

《粤风续九》一书虽今已不传，而乾隆间，李调元辑《粤风》四卷中有粤歌五十三首。今举二例，如下：

思想妹，蝴蝶思想也为花；蝴蝶思花不思草，兄思情妹不思家。(《蝴蝶思花》)

妹相思，不作风流到几时？只看风吹花落地，不见风吹花上枝。(《相思曲》)

又卷二"猺歌"，如：

石头大牛大，陷到石头边。牛大陷到石头面，念娘不到娘身边。

思娘猛，行路也思睡也思，行路思娘留半路，睡也思娘留半床。

其中是猺人呼鱼为"牛"，是用鱼在水中作为比兴。想必其中"娘"应该也是指姑娘吧！

至于文人仿旧题之作，则如赵执信《弃妇词》：

两姓无端合，亦复无故分。昔时鸳鸯翼，今日东西云。浮云本随风，妾心自不同。

君心剧无定，见弃如枯蓬。出门拜姑嫜，十走一回顾。心伤双履迹，一一来时路。

留妾明月珠，新人为耳珰。不恨夺妍宠，犹得依君旁。宝镜守故奁，上有君家尘。

持将不忍拂，旧意托相亲。此生一以毕，中怀何日宣？愿得金光草，与君驻长年。

三、结语

因为《乐府——大地之歌》一书有选材上的局限，时报出版公司在出版宗旨上，原希望它具有普遍性的读者，所以做以上的两点说明，是为了让读者更清楚了解"乐府诗"是一种"活的诗歌"，它的生命将和人类的生活与情感相系相随，永垂不朽。

目　录

前　言

一、乐府的由来

现在我们口语中提到的"乐府"，实际上是"乐府诗"的省称，它泛指来自民间的歌谣，和"古体诗""近体诗"共同构成我国古典诗歌的主流。但为了明白它的由来以及特性，我们不得不去追寻它的原始意义。

"乐府"一词，在今日可见的文献记载中，原本是一种官署的名称，据《汉书·百官公卿表》：

"少府，秦官。掌山海池泽之税以供给养。有六丞，属官有尚书、符节、太医、太官、汤官、导官、乐府……"

它既为少府的属官，自然它的职责不应逾越"山海池泽之税以供给养"等一些事务。所以这里的"乐府"，它究竟和音乐、诗歌有多少的关系，难以确知。

到西汉惠帝（公元前195—前188年在位）时，夏侯宽担任了"乐府令"①，《汉书》上也作"大乐令"。据《汉书·百官公卿表》：

"奉常，秦官。掌宗庙礼仪。景帝六年，更名太常。属官有太乐、太祝、太宰、太史、太卜、太医六令丞。"

则夏侯宽掌管的"宗庙礼仪"之事，与我们现在所通称的"乐府"，在性质上有了某部分的相近。

西汉武帝（公元前141—前87年在位）时，因为祭祀的需要，正式设置了"乐府"官署。据《汉书·礼乐志》：

"至武帝定郊祀之礼，祠太一于甘泉，就乾位也；祭后土于汾阴，泽中方丘也。乃立乐府，采诗夜诵，有赵、代、秦、楚之讴，以李延年为协律都尉，多举司马相如等数十人，造为诗赋，略论律吕，以合八音之调，作十九章之歌。"②

可见当时的"乐府"有两项职司，第一是采集民歌，范围包括：

赵——相当于今日的河北南部、山西东部、河南黄河以北地区。

---

① 《汉书·礼乐志》："孝惠二年，使乐府令夏侯宽备其箫管，更名安世乐。"《史记·乐书》也说："高祖崩，令沛得四时歌儛宗庙。孝惠、孝文、孝景无所增更，于乐府习常隶旧而已。"据《汉书补注》引何焯说，以为这两处的"乐府"，都是"以后制追述前事"。更以为"乐府令"当做"大乐令"。

② 《汉书·艺文志》也说："自孝武立乐府而采歌谣，于是有代、赵之讴，秦、楚之风。皆感于哀乐，缘事而发，亦可以观风俗知薄厚云。"

代——相当于今日的河北蔚（yù）县北。

秦——相当于今日的陕西、甘肃一带。

楚——相当于今日的湖北、湖南、安徽、江苏、浙江、四川巫山以东，广西苍梧以北等地。

第二是令司马相如等数十位文人，创作歌谣，今《汉书·礼乐志》中的十九章郊祀歌便属此类。

从此民间的歌谣得以写定，而且文人也从民歌中吸收到了新的活力，终于使"乐府诗"大放异彩。

二、乐府的分类

把乐府诗加以分类的方法很多，可从采集的地区分，可以歌谣产生的年代分，也可照音乐的性质分等。西汉时只依采集的地区分为赵、代、秦、楚之讴而已。到了东汉明帝永平三年（公元60年），就用乐的性质不同，分成四品。据南宋郑樵所撰《通志·乐略第一·乐府总序》[①]：

（一）大予乐：郊庙上陵用之。

（二）雅颂乐：辟雍享射用之。

（三）黄门鼓吹乐：天子宴群臣用之。

---

① 按《隋书·乐志》已有是说。

（四）短箫铙歌乐：军中用之。

后来唐代的吴兢撰《乐府古题要解》[①]以文学价值为准，分乐府的相和歌、拂舞歌、白纻歌、铙（náo）歌、横吹曲、清商曲、杂题、琴曲八类。

其后历代有沿革，及北宋郭茂倩编《乐府诗集》一百卷，收集歌词，上起唐虞，下迄五代，共分成十二类。包罗了诗歌的时代、性质、地域、流变等各方面的作品。其分类如下：

（一）郊庙歌辞。

（二）燕射歌辞。

（三）鼓吹曲辞。

（四）横吹曲辞。

（五）相和歌辞：包括相和六引、相和曲、吟叹曲、四弦曲、平调曲、清调曲、瑟调曲、楚调曲、大曲。

（六）清商曲辞：包括吴声歌曲、神弦歌、西曲歌、江南弄、上云乐、雅歌。

（七）舞曲歌辞：包括雅舞、杂舞、散乐。

（八）琴曲歌辞。

（九）杂曲歌辞。

（十）近代曲辞。

[①] 《乐府古题要解》，旧题唐吴兢撰。《四库全书总目提要·诗文评存类》中有辩证。

（十一）杂歌谣辞。

（十二）新乐府辞。

郭氏的分类最为后人所引用，但内容仍嫌庞杂，所以近人的分类又趋于单纯。如黄侃《文心雕龙札记·乐府第七》，依歌辞的入乐和不入乐来区分。如下：

（一）乐府所用本曲：如汉相和歌辞中的《江南》《东光》。

（二）依乐府本曲所作辞，但仍入乐可唱的：如曹操依《苦寒行》而作《北上》，曹丕的《燕歌行》。

（三）依乐府旧题以制辞，但已不入乐的：如曹植、陈机等所作的乐府诗。

（四）不依乐府旧题而另创新题，也不能合乐的：如杜甫的《悲陈陶》《丽人行》《兵车行》等，白居易的《新乐府》，皮日休的《正乐府》。

而冯沅君在《中国诗史》中，又依乐府的来源及性质不同，分成三类[①]：

（一）贵族特制的乐府：郊庙歌、燕射歌、舞曲。

（二）外国输入的乐府：鼓吹曲、横吹曲。

（三）民间采来的乐府：相和歌、清商曲、杂曲。

总之，各家乐府的分类，都旨在帮助后人能更方便地了解乐

[①]　冯沅君之分类系以郭茂倩之十二类中，删除伪托的琴曲、与杂曲重复的近代曲、不入乐的杂歌谣、唐世的新歌新乐府而分成三组。

府。至于其中的复杂性，就必须去翻检史书中的"乐志"或"音乐志"，政书中的"乐略"等资料。

三、乐府的特性

乐府诗又叫"歌行体"，是因为一般乐府诗的标题上都冠有"歌""行""唱""引""操""弄""乐""曲""篇""吟""叹""调""辞"等字。而这些字正表示了乐府诗的第一个特性，它是合乐的诗，是最正统的音乐文学，所以我们欣赏乐府诗的美，必须首先从音乐入手。例如相和曲中的一首《江南》，歌词是：

"江南可采莲，莲叶何田田。鱼戏莲叶间，鱼戏莲叶东，鱼戏莲叶西，鱼戏莲叶南，鱼戏莲叶北。"

歌词十分简单明白，朗诵起来也没多少韵味。但如果配合乐曲来吟唱，它的效果就可能大大不同了。我们可以想象：在江南夏天的月夜，女子四五人结伴同行，各摇摆着轻舟，一边忙着采莲撷藕，一边又和游鱼一起穿梭游戏在茂密莲叶之间。诗中前三句是一人发声独唱，后四句是众人齐声和唱，展现出一幅活泼生动的画面。因为相和歌本是一人唱多人和的。

再拿《乐府诗》中所录晋乐所奏《西门行六解》和《古诗十九首》的第十五首做个比较，更不难发现，乐府诗在音乐性的多变化。《西门行》说：

"出西门，步念之。今日不作乐，当待何时？（一解）夫为乐，为乐当及时。何能坐愁怫郁，当复待来兹。（二解）饮醇酒，炙肥牛，请呼心所欢，可用解愁忧。（三解）人生不满百，常怀千岁忧，昼短而夜长，何不秉烛游。（四解）自非仙人王子乔，计会寿命难与期，自非仙人王子乔，计会寿命难与期。（五解）人寿非金石，年命安可期！贵财爱惜费，但为后世嗤。（六解）"

再看《古诗十九首》第十五首：

"生年不满百，常怀千岁忧。昼短苦夜长，何不秉烛游？为乐当时，何能待来兹？愚者爱惜费，但为后世嗤。仙人王子乔，难可与等齐。"

两相比较，不难发现这一首乐府诗的几大特色：（1）三、七言句子夹杂使用。（2）五解的文字重复出现。这两大特色正代表了民歌本色，它是用来唱的。

乐府诗的第二特性，是大众化的。它反映的生活，记录的民俗，使用的语言，都是属于社会普遍性的。例如"鼓吹曲辞"的《上邪》：

"上邪！我欲与君相知，长命无绝衰。山无陵，江水为竭，冬雷震震夏雨雪，天地合，乃敢与君绝。"

这是一首为爱情许下的"誓言"，文字俚俗、朴质而生动，感情浑厚而充满乡土气息。

又如《焦仲卿妻》（又作《孔雀东南飞》）写一出家庭间婆媳不睦的悲剧；《孤儿行》道出了孤儿命运的悲苦；《妇病行》反映

了母子亲情的伟大，凡此种种都是当时社会上广大民众的生活写照，真实而感人。

四、乐府的发展

乐府之名，虽起于汉代，而乐府之实，却自有生民之始即已流传。广义地说：乐府就是民歌。上至《诗经·国风》，下至今日台湾流行的《望春风》《丢丢铜》都是乐府。所以研究乐府必须分期，以明其发展。[①]

（一）两汉乐府

汉朝初建国之时，鲁人制氏为太乐官，但是他只能记录声律，却不能说出内容和意义。到了高祖时，叔孙通请秦地的乐人制定了宗庙乐。而高祖的唐山夫人也作了房中祠乐，以祭祀祖先，表示不忘本。汉高祖偏好楚声，所以房中乐都用楚声。惠帝二年，使乐府令夏侯宽充实了箫管之器，把房中乐更名为"安世乐"，高祖庙奏武德文始五行之舞，孝文庙奏昭德文始四时、五行之舞，孝武庙奏盛德文始四时、五行之舞。高祖六年，又作了昭容乐、礼乐。不过以上都是宗庙所用的雅舞。汉初杂舞中虽也有公莫舞和巴渝舞，但也少平民色彩。

有一点值得注意，据《史记》卷八《高祖本纪》说：

---

① 汉代以前民歌，真伪莫辨，如《国风》又另有专书，近代以来民歌又多而无从着手，所以此处分期，只取大处着手。

26

"高祖还归，过沛，留。置酒沛宫，悉召故人父老子弟纵酒，发沛中儿得百二十人，教之歌。酒酣，高祖击筑，自为歌。诗曰：'大风起兮云飞扬，威加海内兮归故乡，安得猛士兮守四方？'令儿皆和习之。高祖乃起舞，慷慨伤怀，泣数行下……孝惠五年，思高祖之悲乐沛，以沛宫为高祖原庙。高祖所教儿百二十人，皆令为吹乐；后有缺，辄补之。"

高祖的《大风歌》当非宗庙祭祀之用可知，可知当时除了宗庙祭祀乐章之外，必也有一些抒情乐歌。

到武帝以后，乐府官署编制扩大，采集歌谣与文人创作双管齐下，乐府诗因而大盛。据《汉书·艺文志》所载，当时采集的至少有一百三十八篇。据《汉书·礼乐志》所载，参与的工作人员有八百二十九人之多。

成帝时，郑声尤为流行，黄门名倡丙强、景武等人，更是显名一时。哀帝生性不好音乐，对郑、卫之声尤其深恶痛绝，所以他诏罢乐府官，反对采集民歌和土乐，而只留下一些贵族祭祀的乐章。

东汉明帝时，修复旧典，把乐分成四品，有大予乐、雅颂乐、黄门鼓吹乐、短箫铙歌乐等，稍能恢复了西汉礼乐的旧观。东汉末叶，虽然社会紊乱，朝廷雅乐又告亡佚，但现存汉乐府的民歌，多为东汉之作。今所存汉人乐府诗，据丁福保所辑，大约有三百七十四首。

（二）魏晋南北朝乐府

魏晋的乐府多沿用汉代的清商、相和旧曲。因为汉时的音节在当时尚可了解，所以他们也能依其音节而作诗。如曹植《鞞舞歌序》所说"故依前曲改作新歌"而已。至于内容与原作就可能完全不同，如曹操的《蒿里行》可以和挽歌无关；嵇康的《秋胡行》七曲可以不叙秋胡。或者他们把原题也改了，如汉铙歌第一曲叫《朱鹭》，魏改名《楚之平》，吴改名《炎精缺》，晋改名《灵之祥》，北齐改名《玄精季》。至于朝中的雅乐已沦丧殆尽。魏武帝平荆州时，得汉雅乐郎杜夔以及乐工邓静、尹商、尹胡等整理雅乐，舞曲则由冯肃、服养加以整理，但所得的诗，仅《鹿鸣》《驺虞》《伐檀》《文王》四篇而已。到明帝时，左延年任乐官，就只能演奏《鹿鸣》一篇，不过当时的胡乐已经盛行，如左思《魏都赋》说：

"鞮鞻（dī lóu）所掌之音，鞮（mò）昧任禁之曲，以娱四夷之君，以睦八方之俗。"

鞮鞻是掌胡乐的官员，东夷的乐曲叫鞮，北夷的乐曲叫昧、禁，南夷的乐曲叫任，西夷的乐曲叫株离。可见朝廷中也杂用胡声。

晋惠帝末叶，五胡已开始大规模地叛乱，惠帝永兴元年（公元 304 年），匈奴刘渊称王，到公元 439 年，北魏正式统一北方，有所谓"十六国"的先后篡立，是谓北朝；江南自东吴、东晋以后，又经宋、齐、梁、陈四代，是谓南朝。南朝虽想修复旧乐，但已有胡乐兼入；北朝虽慕汉化，但毕竟是胡人，所以南北朝乐府实已华夷杂糅不分。

今存南朝的乐府，多在清商曲中，不过此清商曲已不是汉代旧曲，而是南朝民谣之新声。郭茂倩《乐府诗集》分为六小类，其中重要的只有吴歌、西曲和神弦歌。吴歌、西曲原本都是民间的徒歌，采集以后才入乐的。吴歌流行在建业一带，西曲流行在荆州一带，内容多属恋歌，神弦曲则是歌舞媚神的祭歌。

北朝乐府多在鼓吹曲中，今传世的仅有梁鼓角横吹曲，有二十三种曲目，现存约六十六首，主要的曲调有《企喻歌》《紫骝马歌辞》《陇头流水歌》《隔谷歌》《折杨柳歌》《幽州马客吟歌辞》等，这些鼓角横吹曲的内容多叙战争之事。

（三）隋唐五代乐府

隋代音乐都沿袭北周，开皇初设置了七部乐，到大业中增为九部乐：清乐、西凉乐、龟兹乐、天竺乐、康国乐、疏勒乐、安国乐、高丽乐、礼毕乐。其中清乐即"清商三调"，隋平陈时得之，文帝非常喜爱它的节奏，以为是华夏正声，稍加损益，删去哀怨之音而成，并且在太常置清商署来管理，谓"清乐"。清乐歌曲有《杨伴》，舞曲有《明君》《并契》，乐器有钟、磬、琴、瑟、击琴、琵琶、箜篌、筑、筝、节鼓、笙、笛、箫、篪（chí）、埙（xūn）十五种，为一部。唐贞观时用十部乐，清乐亦在其中；到武后时犹有六十三曲。其后歌辞在的还有：《白雪》《公莫》《巴渝》《明君》《凤将雏》《明之君》《铎舞》《白鸠》《白纻》《子夜吴声四时歌》《前溪》《阿子及欢闻》《团扇》《懊憹（náo）》《长史变》《丁督护》《读曲》《乌夜啼》《石城》《莫愁》《襄阳》《西乌夜飞》《估客》《杨伴》《雅歌骁壶》《常林欢》《三洲》《采桑》《春江花月夜》《玉树后庭花》《堂堂》《泛龙舟》三十二曲，《明之君》《雅歌》各两首，《四时歌》四首，合三十七首。又《上柱》《凤雏》《平调》《清调》《瑟调》《平折》《命啸》七首有声无辞，总计四十四首。武后长安以后，朝廷不重视古曲，工伎浸缺，能合于管弦的，只有《明君》《杨伴》《骁壶》《春歌》《秋歌》《白雪》《堂堂》《春江花月夜》八曲。从此乐章讹误失传，和吴音相去愈远。开元中，刘贶以为应寻觅吴人，使他传习不辍，往请教歌工李郎子，郎子是北方人，学于江都人俞才生，当时声调已亡失，只有雅歌的曲辞，辞典而音雅，后来连清乐之歌也告亡缺。《旧唐书·音乐志》说：

"自周、隋以来，管弦杂曲将数百曲，多用西凉乐；鼓舞曲多用龟兹乐；其曲度皆时俗所知也。"

可见隋、唐以来胡乐已在民间广为流行。隋唐之"九部乐""十部乐"中，除"清乐"外皆为胡声。新传进来的胡乐，既取代汉魏旧乐，则旧时乐府自然也不能再唱，于是新曲以及新乐府辞产生。

唐代创作的新声，如太宗时，长孙无忌作《倾杯曲》，魏徵作《乐社曲》、虞世南作《英雄乐》；高宗时，吕才作《琴歌白雪》等，又命乐工制道调。所谓道调，是因道教流行而产生的曲子，如《众仙乐》《临江仙》《女冠子》等。同样佛教流行中，有佛曲，如《献天花》《散花乐》《五更转》等。玄宗喜爱法曲，所谓法曲是梨园法部所制的清乐胡乐混合的乐曲，如《云韶》《荔枝香》等。而梨园则是玄宗从教坊中精选了坐部伎三百人所组成，所谓"梨园子弟"。文宗时诏太常冯定，采开元遗调，制《云韶法曲》《霓裳羽衣舞曲》。宣宗时，太常乐工多至数千人，帝也自制新曲，教女乐数百连袂而歌。唐自黄巢乱后，乐工沦散，遗调旧曲，流入民间，造成五代词调之大盛。

至于文人仿制的《新乐府辞》，就郭茂倩《乐府诗集》中收录，多载于卷八十一的《近代曲辞》、卷八十九的《杂歌谣辞》和卷九十一到一百的《新乐府辞》。唐人仿制的乐府诗，可分成两大类：一为盛唐以前沿旧题乐府而作的乐府诗；一为中唐以后白居易、元稹、李绅等所提倡的新题乐府，或称"新乐府"，它的精神是以社会写实为主。所以两者虽然略有不同，但实际都已徒具"乐府"之名，而是不能唱的"徒诗"。

宋以后"乐府"一词用得更为广泛，连词也可称为乐府，似已脱离乐府诗之范围，所以前人研究乐府，多只止于唐五代。

郊庙歌辞

郊庙歌辞分为两类。"郊"是指祖先以外的神灵,"庙"是指祖先的宗庙。汉代的郊庙乐有五种:(1)宗庙乐:高祖二到五年间,命叔孙通因袭秦乐而成。(2)房中祠乐:高祖五年左右唐山夫人所作;孝惠二年,命乐府令夏侯宽更名"安世乐",到汉书·礼乐志载此诗时,又改题"安世房中乐"。(3)昭容乐。(4)礼容乐。以上两种大约都在高祖六年时作。除了房中祠乐外,其他三种歌辞都已亡佚。房中乐有十七章,各章标题多已失传,如今只有"桂华"和"美若"而已。(5)郊祀歌:武帝时,李延年为协律都尉,由司马相如、邹阳等所作。十九章分别是练时日、帝临、青阳、朱明、西颢、玄冥、惟泰元、天地、日出入、天马、天门、景星、齐房、后皇、华烨烨、五神、朝陇首、象载瑜、赤蛟。前四种是"庙"乐,后一种是"郊"乐。

魏代歌辞不可见,大概仍沿袭汉代。晋武帝泰始二年诏令郊庙、明堂权用魏代礼仪,只使傅玄更改了乐章。南朝宋文帝诏令颜延之造天地郊庙登歌三篇,大抵仿照晋曲。齐、梁、陈均有创制。元魏、宇文爱好胡乐，郊庙乐只存虚名。隋文帝平陈，得到江左旧乐，调五音作五夏、二舞、登歌、房中等十四调。唐高祖武德九年，命祖孝孙修定雅乐，作成唐乐，贞观三年（公元629年）奏之。五代皆沿用前代遗法。以下选房中祠乐及郊祀歌各一首为例。

【原诗】

房中祠乐

大海荡荡水所归，

高贤愉愉民所怀。

大山崔，百卉殖。

民何贵？

贵有德。

【语译】

浩荡的大海是百川的归宿。

愉悦的圣贤受人民所怀思。

高山崔嵬，百花齐放。

人民最重视什么？

他们最重视的就是道德。

【赏析】

　　房中祠乐是感念祖先生生之德的颂词,尤其汉代以孝立国,所以房中祠乐中提到"孝道"的地方很多,如"孝道随世,我署文章",又如"王侯秉德,其邻翼翼,显明昭式。清明邕矣,皇帝孝德。竟全大功,抚安四极"等。这一首用百川东归大海,来比喻人民对有道德的领袖的归向。诗中"愉愉"是形容高贤和穆愉悦的容貌;"大山崔"写出了高贤的崇高伟大;"百卉殖"比喻群贤的毕集,卉草以比喻贤臣,屈原的《离骚》已开其端,如《离骚》说:"昔三后之纯粹兮,固众芳之所在;杂申椒与菌桂兮,岂维纫夫蕙茝(chǎi)?"其中"固众芳之所在"就是"百卉殖"。而且我们还可以发现房中祠乐的句式和《九歌》是非常相似的,例如《九歌·国殇》:

　　　操吴戈兮被犀甲,

　　　车错毂兮短兵接,

　　　旌蔽日兮敌若云,

　　　矢交坠兮士争先。

如果在房中祠乐加上了《楚辞》特有的"兮"字后,做一比较于下:

丰草葽（兮）女罗施（yí）。

善何如（兮）谁能回。

大莫大（兮）成德教；

长莫长（兮）被无极。

不觉得房中祠乐就成了楚辞体了吗？又如《楚辞·招魂》，如果删去它的句尾"些"字，就成了：

美人既醉，朱颜酡（tuó）（些），

娭光眇视，目曾波（些），

天地四方，多贼奸（些），

像设君室，静闲安（些）。

它的句子和房中祠乐中的前二句（见作品）又是十分相近，所以房中祠乐既作楚声，它与楚辞体是一定有若干血统渊源的。

【原诗】
日出入
日出入安穷？时世不与人同。

故春非我春，夏非我夏，

秋非我秋，冬非我冬。

泊如四海之池，遍观是邪谓何？

吾知所乐，独乐六龙，

六龙之调，使我心若。

訾黄其何不徕下！

【语译】

日出日落，何时才终穷？

时光岁月不和人的寿命齐同。

所以，春天不是我独拥的春，

夏天不是我独拥的夏，

秋天不是我独拥的秋，

冬天不是我独拥的冬。

时间像辽阔的四海，人的寿命是一方小池，

遍观物象后才知道生命的无奈！

我知道什么才是快乐，唯有独自乘驾六龙，

六龙的协调步伐，使我的心胸爽畅。

唉！乘黄！怎么还不下降！

【赏析】

这是一首祭神歌，从自然现象，日出日落的运行不辍，联想
到人生命的短促。所以周而复始的春、夏、秋、冬四季，都不是

人类所能永远拥有。在辽阔的时间之海中，人的生命渺小得犹似一方浅池。当你觉遍造物主对自然的那一份殊宠时，你才会惊觉自诩为万物之灵的人类，生活得多么无奈。所以真正的快乐是什么？是驾驭着六龙成仙得道。诗中末句的"黄"即"乘黄"，是黄帝得道成仙时所乘的马，它龙翼而马身，所以能飞翔。

这首诗虽然是祭祀歌，内容却充满了消极遁世的思想。冯沅君以为应是汉武帝元鼎五年（公元前112年）时的作品。就诗的形式而言，若在句中加上"兮"字，可以变成：

日出入（兮）安穷？时世（兮）不与人同。

故春非我春（兮），夏非我夏。

秋非我秋（兮），冬非我冬。

泊如四海之池（兮），遍观是耶谓何？

吾知所乐（兮），独乐六龙，

六龙之调（兮），使我心若。

訾！黄！其何不徕下！

可见它受楚辞体的影响是极大的。

燕射歌辞

　　燕射歌辞分成三类：一是宴飨乐，用燕飨之礼亲四方之宾客的；二是大射乐，用宾射之礼亲旧朋友的；三是食举乐，用饮食之礼亲宗族兄弟的。

　　汉代的燕飨乐、大射乐和食举乐的歌辞都已失传，只有食举乐的篇目，尚可考见。据《宋书·乐志》，食举乐有宗庙食举、上陵食举、殿中御饭食举、太乐食举四种。据《后汉书·礼仪志》说：

　　"正月上丁，祠南郊。礼毕，次北郊、明堂、高庙、世祖庙，谓之'五供'。五供毕，以次上陵。西都旧有上陵。东都之仪……太官上食，太常乐奏食举，文始、五行之舞……八月饮酎（zhòu）上陵礼，亦如之。"

　　可知食举乐的功用不仅是礼亲宗族兄弟的，它和郊庙乐及舞曲的关系也很密切。

　　食举乐歌辞，从《宋书·乐志》中可以得到一些大概：

"张华表曰：'按魏上寿食举诗，及汉氏所施用，其文句长短不齐，未皆合古。'"

可知汉辞是杂言诗。从现存标题来看，食举乐各篇的来源有四：

（1）借用《诗经》：如《鹿鸣》《惟天之命》。

（2）借用鼓吹：如《上陵》《有所思》《远期》。

（3）自制：如《六骐骥》《承元气》。

（4）外国曲：如《竭肃雍》《陟叱根》。

下面举一首西晋傅玄晋四厢乐歌中的《上寿酒歌》。

【原诗】

於（wū）赫明明，圣德龙兴。

三朝献酒，万寿是膺。

敷佑四方，如日之升。

自天降祚，元吉有征。

【语译】

哦！贤明伟大呀！圣德的帝王已经兴起。

三朝时献上美酒，承受了万年不衰的寿命。

德泽布施在四方，就像旭日的东升。

上天普降福祚，大地已经显现出大吉大利的象征。

【赏析】

    据《晋书·乐志》说，傅玄一共作了三首诗，除了这首外，还有《正旦大会行礼歌》和《食举东西厢歌》，歌辞均载于《乐府诗集》。就这首诗看，它的形式和《诗经》的颂诗非常相似，也是用来礼赞君王的。诗中"於赫"是赞叹词；"明明"指国君的明察至极；"龙兴"比喻君王的兴起；"三朝"是指岁首朔日，即岁之朝，月之朝，日之朝之意。这种诗只有实用功能，而缺少文学艺术可言。

鼓吹曲辞

鼓吹曲辞是从北狄传到中国的音乐，它的由来有一段传说，据《汉书·叙传》记载：

秦始皇的末年，班壹为了避难来到楼烦（春秋时北狄的一支，疆域大致在今山西省保德、宁武、岢岚一带），畜养了成千上万的马、牛、羊。正逢汉朝刚平定天下，不与百姓苛禁。在孝惠高后时，班壹以财产雄厚闻名于边地，每次出入狩猎时，都拥旌旗，鼓吹乐器。

所以北狄传来的这种音乐就叫"鼓吹曲"。《旧唐书·音乐志》也说：

鼓吹本来是一种军旅中的音乐，在马上吹奏。所以从汉代以来，北狄乐就归鼓吹署负责。

然而"鼓吹"一词，在使用上又有三种不同的意义：第一种最广泛的意思是它包括了乐府中鼓吹和横吹两类，如《乐府诗集》卷十六说："然则黄门鼓吹短箫铙歌与横吹曲得通名鼓吹，但所用异尔。"又卷二十一也说："横吹曲，其始亦谓之鼓吹，马上奏之，盖军中之乐也。"第二种较狭，专指用箫、笳的乐器，如《乐府诗集》卷二十一说："其后分为二部，有箫笳者为鼓吹，用之朝会、道路，亦以给赐。汉武帝时南越七郡皆给鼓吹是也。有鼓角者为横吹，用之军中，马上所奏者是也。"第三种为最狭，专指鼓吹中用之于殿庭的，如《宋书·乐志》卷十九："又《建初录》云：'《务成》《黄爵》《玄云》《远期》，皆骑吹曲，非鼓吹曲。'此则列于殿庭者为鼓吹，今之从行鼓吹为骑吹，二曲异也。"不过郭茂倩对"骑吹说"是不采信的。（见《乐府诗集》卷十六）

铙　歌

铙歌是鼓吹曲中的一种。《铙歌十八曲》，最早录于沈约所著的《宋书·乐志》，其中引蔡邕《礼乐志》说：

"短箫铙歌军乐也，黄帝岐伯所作，以建威扬德，劝士讽敌也。"

所谓黄帝所作，未必可信，今存十八曲（见《乐府诗集》卷十六）的篇名是：

《朱鹭》《思悲翁》《艾如张》《上之回》《翁离》（亦作《拥离》）《战城南》《巫山高》《上陵》《将进酒》《君马黄》《芳

树》《有所思》《雉子班》《圣人出》《上邪》《临高台》《远如期》《石留》。

就它们的内容看,十分广泛,有叙述战阵的,有记载祥瑞的,也有涉及男女私情的;就时代上分,有武帝时的诗,也有宣帝时的诗;就作者来说,有文人的制作,也有民间的歌谣。所以有人说:"短箫铙歌之为军乐,特其声耳。"(清·庄述祖《汉铙歌句解》)那么今所见的歌词,都是后代人依声填上去的。

【原诗】

战城南

战城南,死郭北,

野死不葬乌可食。

为我谓乌:"且为客豪!

野死谅不葬,腐肉安能去子逃?"

水深激激,蒲苇冥冥。

枭骑战斗死,驽马徘徊鸣。

梁筑室,何以南,何以北!

禾黍不获君何食?

愿为忠臣安可得?

思子良臣,良臣诚可思,

朝行出攻,暮不夜归。

【语译】

城南正在激烈地战斗，郭北城外已经是死尸遍野，

荒郊上得不到掩埋的尸体，正好供乌鸦啄食。

请替我告诉乌鸦："且先为客死异乡的战士号哭招魂吧！

"原野上的尸体一定无法埋葬，腐烂的尸体又怎能逃过你

的口？"

河水深浚而清凉，蒲苇丛丛密布。

勇猛的坐骑已战斗而死，驽拙的马匹徘徊悲鸣。

桥梁上竟然盖起了营房，叫我如何南来，如何北往？

禾黍已经无人收割，君主又吃些什么？

谁都愿做忠臣，不知怎么做才能够？

想到各位都是忠良的臣子，忠臣确实令人怀思，

清晨时出征攻城，日暮时却不见人归。

【赏析】

《战城南》是铙歌十八曲之一。王先谦以为它的创作背景在
汉初，当汉高祖刘邦被楚王项羽大败在彭城时，构筑甬道连接黄
河以运输敖仓的米粮。此时正逢关中大闹饥荒，楚人抢夺了甬道，
汉军缺乏粮食，于是军士就写了这首歌以述怀。这种说法未必可
信，但它与诗篇中的内容表达相同的两项主题，战争与粮食。从
千古以来的惨痛经验中，二者已经成了相互循环的因果。

全诗可分成四段：

第一段写征战的惨烈，从"战城南"到"腐肉安能去子逃！"首先呈现在我们眼前的是一幅战后的凄凉景象：荒野上陈尸狼藉，一群群聒噪的乌鸦争食着血肉模糊的尸体。李白在仿乐府的《战城南》中把它描绘得更为具体："乌鸢啄人肠，衔飞上挂枯树枝。"

据说乌鸦嗜食腐肉，它和秃鹰一样，是战场上的"清道夫"。《庄子·列御冠》篇说："在上为乌鸢食，在下为蝼蚁食。"身为万物之灵的人类，常常为自己发动的战争找一个冠冕堂皇的借口，可是在一场激战过后，暴露的尸骨，任由飞禽、蝼蚁啃噬时，不知人类的尊严夫复何存？所以诗人用悲愤的心情，向乌鸦去乞讨些许被漠视的尊严以及同情。他泣血地说："乌鸦啊！你是否能表示一下哀悼和怜悯（纵使是虚假的也好）之后，再狼吞虎咽、大快朵颐呢？"

诗中首两句的"城南"和"郭北"为互文见义，表示城南和城北都有战争，也都有战死的人。

第二段也在描写战争，不过它与第一段的最大不同是，第一段是动的画面，而这一段是静的画面：

水深激激，蒲苇冥冥。
枭骑战斗死，驽马徘徊鸣。

对人类极其重要的战争一事，似乎丝毫引不起自然界的关心，

45

流水依然清澈，蒲苇依旧茂密，原野上只是新添了些许沉寂的躯体。这份大自然的冷漠，又激荡起诗人的不平之鸣，他说："为什么战死沙场的，永远都是最勇敢的，而庸庸碌碌的常才，反倒可以偷生。"难道天理的报应，真如《老子》所说："坚强者死之徒，柔弱者生之徒！"（七十六章）这一段中诗人用的是咏马兼写人的手法，引起第三段的动机。

第三段是写诗人对天理反常，不与善人的抗议：

> 梁筑室，何以南，何以北？
> 禾黍不获君何食？
> 愿为忠臣安可得？

每一句都用疑问或惊叹的语气来表达，就像《楚辞·九歌·湘夫人》中的句子：

> 鸟何萃兮蘋中？罾何为兮木上？
> 麋何食兮庭中？蛟何为兮水裔？

所有一切的安排，都是那么的不合理，桥梁原是用来连接南北交通的，却在上面盖了营房。百姓之务农收割原是为了生活，如今却被用之于征战，在这种反常的现象下，要到哪里去追寻忠臣呢？

第四段是诗人对英勇阵亡将士的思念和礼赞：

思子良臣，良臣诚可思。
朝行出攻，暮不夜归。

既然把生命都奉献给国家了，被尊称为"良臣"当也无愧，世上也只有这些人才真正值得后人去追思。他们没有政治野心，他们不计名利得失，当他踏上征途时，即已视死如归，就如《楚辞·九歌·国殇》中，对阵亡将士的礼赞：

出不入兮往不反，平原忽兮路超远。
带长剑兮挟秦弓，首身离兮心不惩。
诚既勇兮又以武，终刚强兮不可凌。
身既死兮神以灵，子魂魄兮为鬼雄。

全首诗对战争充满了厌恶，对生命充满了热爱，对阵亡将士寄予了无限的悲悯和礼敬。

【原诗】

有所思

有所思，乃在大海南。
何用问遗（wèi）君？双珠玳瑁簪，

用玉绍缭之。

闻君有他心，拉杂摧烧之。

摧烧之！当风扬其灰。

从今以往，勿复相思，相思与君绝。

鸡鸣狗吠，兄嫂当知之。

妃呼豨（xī）！秋风肃肃晨风飔（sī），

东方须臾高知之。

【语译】

有一位我所思念的人，他远在大海的南方。

拿什么来赠送给你呢？就用悬着珍珠的玳瑁发簪。

再用玉环把它缠绕起来。

听说你已经变了心，我就把礼物折断了烧毁。

把它折断烧毁，迎着风吹散它的灰。

从今以后，不再想你，对你的相思永远断绝。

鸡叫了起来，狗也狂吠，哥哥嫂嫂一定会知道的。

哎哎哟！秋风阵阵，晨风鸟叫个不停，

东方立刻会皓然大白。

【赏析】

本篇也是汉铙歌十八曲之一。有人说它是"刺淫奔之诗"，有人说它是"逐臣见弃于其君之作"，也有人说它是"藩国之臣，不遇而去，自抒忧愤之词"。说法虽多，都不免有些穿凿附会。单从内容上看，它应该是一首情诗，以女性感情为主，表现十分真挚的情诗。作者用细腻的笔法刻画出女子对爱恨的转变。诗中流露出女子失恋时的羞恼，强欲抹去却又挥不掉的矛盾心情。我们可以把它分成四段来了解。

第一段是爱的表现。

有所思，乃在大海南。

何用问遗君？双珠玳瑁簪，用玉绍缭之。

女子想寄赠一份精致的礼物给远在海角天涯的情人，她考虑了很久，终于取下了自己身上的佩饰发簪。簪是古代女子用来绾发的首饰，也可以用来连接发髻和帽冠。它多用玳瑁制成，玳瑁也作瑇（dài）瑁，是一种龟类，用它的甲制成的饰品已然十分珍贵，而她又再装饰上一对珍珠，更进而用玉缠绕起来。可见她对礼物的珍视，也表示了受赠者在她心目中的分量。

第二段则是由爱转恨。

闻君有他心，拉杂摧烧之，

摧烧之！当风扬其灰。

当她得知情人变心时，浓郁的爱意立刻转变成强烈的怨恨。虽已折断烧毁玉簪，仍不能泄心头之恨于万一，继而迎风把灰烬都吹散得一干二净。正显示出女子对爱情的态度是趋向极端的，不是占有，就是毁灭，实在憨直得可爱。

第三段是描写女子被弃后内心的羞恼和怕被人知的心态。

从今以往，勿复相思，相思与君绝。

鸡鸣狗吠，兄嫂当知之。

被弃的女子想把负心男子的身影，从记忆中彻底抹去，所以她用坚决的口吻立下誓言："从今以后，不再想你。"但这种决定，全然是她个人的态度与立场，而她外围的社会，对她的被弃，又是抱持何种态度呢？想到这里，她不觉有点寒心，这种事只要有些微的动静，就会传得满城风雨，那么严厉的兄嫂必然会察觉到自己的心事。"鸡鸣狗吠"一句，前人的说法很多，有的说，那是指天色将明；也有的说，犹言惊鸡动狗，以喻透露风声。我较认同第二种说法。汉代的家庭组织，以家长的权力最大，当家长去世后，一家之主往往由长兄来继承，所以汉代乐府诗中"兄嫂"是很有威严的，如《孔雀东南飞》一诗中刘兰芝的兄嫂也是"性行暴如雷，恐不任我意"的凶悍态度。

第四段描写被弃的女子在辗转反侧地失眠了一夜之后，终于悟出了自处的道理，人并不是为周遭的事物而活的。诗中"妃呼豨"是象声词，乐府诗中也有"伊阿那"等，本是没有意义，只在补足乐中的音阶而已。"晨风"据闻一多考证是鸟名，就是鹯，鹯常在清晨鸣叫求偶，所以《诗经》上也有鹯鸣喻求偶的例子。飔音"思"，也有思慕之意，"晨风飔"是晨风鸟慕同类而鸣叫，当秋风阵阵吹送，鸟鸣啾啾的时间，正是天色即将发白的时辰，马上就要阳光普照大地，一切都展露在光明之中了。诗中最后一句"东方须臾高知之"是借景以喻心，就像张籍在《节妇吟》中所说："妾家高楼连苑起，良人执戟明光里。"彼此的心境是光明磊落的，东方皓白，正表示自己的清白而何畏于兄嫂的知之呢！

【原诗】

上邪

上邪！我欲与君相知，长命无绝衰。

山无陵，江水为竭。

冬雷震震，夏雨雪，

天地合，乃敢与君绝。

【语译】

天哪！我要和你相亲相爱，使感情永不衰减。

高山磨平了峰陵，江水流得枯竭。

冬天雷声震耳，夏天飘起大雪，

当天地合并在一起，我才敢和你断绝。

横吹曲辞

横吹曲，开始也叫鼓吹，在马上吹奏，原本是军乐。北狄各国，都在马上作乐，所以自汉代以来，北狄乐都归属鼓吹署。后来分成两部，有箫笳的叫鼓吹，用在朝会、道路、给赐。有鼓角的叫横吹，用在军中，马上所奏的都属之。横吹的来源，据崔豹《古今注》卷中《音乐第三》说：

"横吹，胡曲也，张博望入西域，传西法于西京，惟得《摩诃兜勒》一曲。"

而《晋书》卷十二、十三《乐志下》则说：

"鼓角横吹曲。鼓，按《周礼》，以雷鼓、鼖鼓军事；角，说者云，蚩尤氏帅魑魅与黄帝战于涿鹿，帝乃命始吹角为龙鸣以御之。"

似乎说鼓角导源于远古，但它的下文又说：

"胡角者，本以应胡笳之声，复渐用之横吹，有双角，即胡乐也。"

则横吹原确为胡乐应可确立。张骞通西域回国在汉武帝元朔三年（公元前 126 年），或是此时带回。

至于横吹的种类，据《古今注》卷中《音乐第三》说：

"李延年因胡曲更造新声二十八解，乘舆以为《武乐》，后汉以给边将军。和帝时万人将军得用之。魏晋以来，二十八解不复具存，世用者：《黄鹄》（鹄当作鹄）《陇头》《出关》《入关》《出塞》《入塞》《折杨柳》《黄覃子》《赤之杨》《望行人》等十曲。"

《乐府古题要解》又增列了十曲：《关山月》《洛阳道》《长安道》《梅花落》《紫骝马》《骢马》《雨雪》《刘生》《豪使行》《洛阳公子行》，而《乐府诗集》中则没有末三曲。如今属于汉代的作品已经不存，《乐府诗集》中收录者，多为后人仿作。

又《古今乐录》有《梁鼓角横吹曲》，多叙述慕容垂和姚泓时战阵的事，曲子有：《企喻》《琅琊王》《巨鹿公主》《紫骝马》《黄淡思》《地驱乐》《雀劳利》《慕容垂》《陇头流水》等三十六曲。其中二十五曲有歌有声，十一曲有歌。当时的乐府胡吹旧曲有：《大白净皇太子》《小白净皇太子》《雍台》《揗（xī）台》《胡遵》《利粘女》《淳于王》《捉搦》《东平刘生》《单迪历》《鲁爽》《半和企喻》《比敦》《胡度来》十四曲，其中三曲有歌，十一曲亡。又有：《隔谷》《地驱乐》《紫骝马》《折杨柳》《幽州马客吟》《慕容家自鲁企由谷》《陇头》《魏高阳王乐人》等二十七曲，合前三曲，共三十曲，总共六十六曲。

【原诗】

企喻歌辞　四曲

男儿欲作健，结伴不须多。

鹞子往天飞，群雀两向波。

放马大泽中，草好马著臕（biāo）。

牌子铁裲（liǎng）裆，钜（hù）铧（móu）鹝（dí）尾条。

前行看后行，齐着铁裲裆。

前头看后头，齐着铁钜铧。

男儿可怜虫，出门怀死忧。

尸丧狭谷中，白骨无人收。

【语译】

男儿若要表现壮健，结集的同伴就不要太多。

鹰鹞划破苍穹飞过，一群群麻雀就分成两伙。

放牧马匹在广大的草原上，草长得好马也正肥。

拿着盾牌，穿上铠甲，头盔上插饰着雉尾。

前排的人看着后排的人，都穿着整齐的铠甲，前头的人看着后头的人，都戴着划一的头盔。

男儿是可怜虫，跨出家门就为战死担忧，
躯体失落狭谷中，暴露的白骨无人收。

【赏析】

《乐府诗集》中收"企喻歌"四首，引《古今乐录》说："企喻本北歌。"《唐书·乐志》说："北狄乐其可知者：鲜卑、吐谷浑、部落稽三国，皆马上乐也。后魏乐府始有北歌，即所谓真人代歌是也……今存者五十三章，其名可解者六章，《慕容可汗》《吐谷浑》《部落稽》《巨鹿公主》《白净皇太子》《企喻》也。其不可解者咸多'可汗'之辞……知此歌是燕、魏之际，鲜卑歌也。"

这里所选四首，都是描写北方民族的豪爽性情和北地景色的诗歌。

第一首写男儿应该表现出独立坚强的个性，不要以聚众倚势为强。真正勇敢的男子应该有如鹰鹞一般，当它划空而过时，群雀都被它慑服而纷纷避向两旁。自古所谓英雄，都是从神态气度中流露出来，想掩饰也不行，如《世说新语》中说：魏武帝曹操，自己觉得形貌短小，当见匈奴使时，叫崔季珪代替自己，而曹操却捉刀站在旁边。事后曹操叫人问匈奴使者说：魏王如何？使者说：魏王的雅望不凡，但旁边的捉刀人才是真正的英雄。可见真英雄不在外表的魁梧，不在仗势凌人。这首诗写出了北地英雄的形貌。

第二首写北方草原上放牧的景象以及男子（战士）的装扮。诗中臕通"膘"，是肥的意思，"著臕"就是显现出肥壮的样子，前两句写北地草长马肥的景象；"牌子"可能指盾牌，"铁裲裆"是铁甲的一部分，裲裆又作两当，《南史·柳元景传》说："安都怒甚，脱兜鍪，解所带铠，唯着绛衲两当衫，马亦去具装，驰入贼阵，所向无敌。"《释名·释衣服》说："裲裆，其一当胸，其一当背也。""钜铎"可能是头盔之类。"鹖"是长尾小雉，"鹖尾条"指插在钜铎上作为装饰的雉尾，后两句仔细地描写了战士的衣着。

第三首写军队出行时，行伍整齐的样子，从前排往后排望，大家都整齐一致地穿着铁裲裆，从前头看后头，每人都戴着相同的头盔。这种重复句式的描写并不生动，但却真实，军队的服装本来就是单调划一的，也正显示出这一支军队的训练有素。

第四首抒发出诗人对征战的怨愤与诅咒。据《古今乐录》说：这首诗最后还有两句是"头毛堕落魄，飞扬百草头"，又说这一首是苻融的诗，本来作"深山解谷口，把骨无人收"，文字都比不上现在的流畅。

据《晋书·苻融传》记载，苻融，字博休，是苻坚的幼弟。融聪辩明慧，下笔成章，能谈玄论道，耳闻能诵，过目不忘，当时人把他比为王粲，而且他勇猛又善于骑马射箭。

苻融的这首诗比起前三首，在情感上已经充沛多了，但依然不脱北人爽直习性。如果和杜甫《兵车行》的末段做一比较即可看出。杜甫诗说：

> 信知生男恶，反是生女好。
> 生女犹得嫁比邻，生男埋没随百草。
> 君不见，青海头，古来白骨无人收。
> 新鬼烦冤旧鬼哭，天阴雨湿声啾啾。

诚然，杜甫诗较为多变灵活，然而杜甫诗的生命或即撷取于此诗也未可知呢！

【原诗】

琅琊王歌辞　二首

新买五尺刀，悬着中梁柱。
一日三摩娑，剧于十五女。

憎（wài）马高缠鬃，遥知身是龙，
谁能骑此马，唯有广平公。

【语译】

新买了一把五尺长刀，悬挂在梁柱的中央，
一日中抚摩三次，对它的疼爱甚过十五岁的少女。

快马长着高高缠曲的马鬃，远看它的身躯是条龙，

谁能骑这匹马，只有广平公。

【赏析】

在《乐府诗集》中收录《琅琊王歌辞》八曲，这里只选两曲。晋代被封为琅琊王的贵族甚多，诗中究竟指谁不可确知。第一首写出武器在当时之被重视，诗中主角对新买的五尺刀珍惜异常，对它的疼爱尤甚于十五岁少女。第二首写马的状貌，野性难驯的快马，很难驾驭，它有高大卷曲的鬃毛，有腾跃时像龙一般的身躯，显然这已经是一首早期的咏马诗，不过它的文字朴质，若与杜甫的咏马诗相比，它的技巧就显得呆滞多了，如杜甫的《高都护骢马行》：

安西都护胡青骢（cōng），声价欻（xū）然来向东。

此马临阵久无敌，与人一心成大功。

功成惠养随所致，飘飘远自流沙至。

雄姿未受伏枥恩，猛气犹思战场利。

腕促蹄高如踏铁，交河几蹴曾冰裂。

五花散作云满身，万里方看汗流血。

长安壮儿不敢骑，走过掣电倾城知。

青丝络头为君老，何由却出横门道。

诗中不仅咏马之状貌气势胜过《琅琊王歌辞》，而诗中借"青丝络头为君老"句以自伤之情怀，则更为《琅琊王歌辞》中所罕见。

古人常称"马"谓"龙"，如《周礼·夏官·庾人》："马八尺以上为龙。"又如杜甫《天育骠骑歌》中有"矫矫龙性合变化"之句，也用龙来称马。

诗中提到的"广平公"，在《晋书·载记》中曾提及，他叫姚弼，是姚兴的儿子，姚泓的弟弟，非常英勇。

【原诗】

雀劳利歌辞

雨雪霏霏，雀劳利。

长觜饱满，短觜饥。

【语译】

白雪纷纷地下个不断，鸟雀啾啾地叫个不停。

长嘴的鸟已经吃得饱满，短嘴的鸟却仍旧饥寒。

【赏析】

郭茂倩《乐府诗集》收录只此一首。这是一首讽刺诗，用鸟雀以比喻人事。诗中"劳利"，前人以为是鸟雀的喧叫声；长嘴鸟比喻能言善道的巧辩者，短嘴鸟代表言辞木讷的老实人；"雨雪霏霏"是一个离乱动荡的时代，在动荡的社会上，似乎永远是巧言善辩的人占尽好处，而木讷老实的人却常挨饿受冻。诗句简短得已不像诗篇，就把它看作饱受委屈者的一声呐喊或叹息吧！

把鸟和言辞结合在一起的诗歌，唐代诗人白居易的《秦吉了》写得也十分生动：

秦吉了，出南中。
彩毛青黑花颈红。
耳聪心慧舌端巧。
鸟语人言无不通。
昨日长爪鸢，
今朝大觜鸟，
鸢梢乳燕一窠覆。
乌啄母鸡双眼枯。
鸡号堕地燕惊去。
然后拾卵攫其雏。
岂无雕与鹗。
噤中肉饱不肯搏。
亦有鸾鹤群，
闲立高飏如不闻。
秦吉了，
人云尔是能言鸟。
岂不见鸡燕之冤苦。

吾闻凤凰百鸟主,

尔竟不为凤凰之前致一言。

安用噪噪闲言语?

这首诗在白居易的《新乐府》中,副题是《哀冤民也》,正好可以作为《雀劳利》的注脚。

【原诗】

隔谷歌 二首

兄在城中弟在外,弓无弦,箭无栝(guǎ)。

食粮乏尽若为活?救我来!救我来!

兄为俘虏受困辱,骨露力疲食不足。

弟为官吏马食粟,何惜钱刀来我赎。

【语译】

哥哥在城中,弟弟在城外,

弧弓缺了弦,箭矢少了栝。

食粮用尽怎么活得下?

救我呀!救我呀!

哥哥做了俘虏受困窘羞辱,

骨骼外露精力疲惫，三餐不得饱足。

弟弟做了官吏马也吃米粟，

怎么会舍得金钱来把我赎。

【赏析】

《乐府诗集》中收录《隔谷歌》只此两首，彼此像是一问一答。前一首文字质朴得可爱，简直就像一封求救的快信、急电，哥哥在城中被困，弹尽粮绝，不得不拍了封"电报"给城外的弟弟求救。哥哥的表现虽然软弱，但既然是兄弟手足情深，也顾不得颜面了，尤其最后两句"救我来！救我来！"读之令人喷饭。

第二首像在说明第一首的结局，就内容看，显然哥哥在把"求救函"寄出后，并没有得到弟弟的援救，哥哥终于沦为俘虏，备尝辛苦，而弟弟却过着侈靡浪费的生活，亲情冷漠如此，读之真令人心痛。

在我国诗歌中，描写兄弟相互思念、扶助的为多，而相传曹植因被他哥哥曹丕迫害而写的《七步诗》则是一首兄弟相煎的诗。据《世说新语·文学》说：文帝曾命令东阿王在七步之中写出一首诗，否则就要被杀，曹植应声而成，脱口而出："煮豆持作羹，漉菽以为汁。萁在釜下燃，豆在釜中泣。本是同根生，相煎何太急？"文帝听后脸色羞红。

文帝对兄弟不睦的态度，在《世说新语·尤悔》中也说：魏文帝忌刻弟弟任城王的骁勇强壮，于是设计邀他在卞太后的阁中下围棋，吃红枣。文帝把毒药预先放在枣蒂中，自己挑选没放毒药的吃。任城王不晓得，就任意地吃，当毒性发作时，太后急着去取水救任城王，可是曹丕已事前吩咐左右把瓶罐全毁，太后来不及穿鞋，赤脚跑到了井边，但是没有汲水的器具，不久，任城王就死了。后来曹丕又要加害曹植时，太后悲痛地说："你已杀了我任城，就别再杀我的东阿了。"

这种传闻，虽然缺乏直接证据，但从他们的诗歌中却可以看出一些端倪。

而《隔谷歌》就是对兄弟不能和睦的现象予以讽刺，至于何以称"隔谷"就无从知晓了。诗中"栝"字，《乐府诗集》作"括"，"栝"是箭矢的末端，应作"栝"为是。

【原诗】

捉搦（nuò）歌　三首

谁家女子能行步，反着袷襌（jiá dān）后裙露。
天生男女共一处，愿得两个成翁姬（yù）。

华阴山头白丈井，下有流泉彻骨冷。
可怜女子能照影，不见其余见斜领。

黄桑柘屐蒲子履，中央有系两头系。
小时怜母大怜婿，何不早嫁论家计。

【语译】

谁家的女子真能走路，

反穿着夹衣单襦却把后裙外露，

天生男女就必须共同相处，

愿他俩能白首偕老结为夫妇。

华阴山头有口百丈深井，

井下有流动的泉水澄澈而刺骨清冷，

有个可爱的女子借它来照映倩影，

看不见其他只见衣服上的斜领。

黄色桑柘做的木屐，蒲子编的鞋履，

中央有根丝绳，可以把两端结系。

年纪小时黏母亲，大了就爱夫婿。

何不让她早早出嫁，好料理家计。

【赏析】

"捉搦"就是一种男女相互捉拿的游戏，《捉搦歌》是否就是男女一边在玩捉拿游戏，一边唱着的歌，不可确知。不过这种游戏似有相近的形态仍保存在今日的儿童生活之中，现在常可见几个围绕在一起的儿童，相互你推我拉，嘴上都唱着：

我们要求一个人，我们要求一个人，

什么人来同他求？什么人来同他求？

......

歌声纯稚而活泼，节奏单调而重复，是典型的儿童歌谣。

《乐府诗集》中收录了四首，都是描写儿女私情的诗，此处选取三首。第一首前两句写女子背影之美，而且因为女子身上往往结系了佩饰，所以走路时必须不疾不徐，中节合度，使佩玉发出和谐的撞击声，如此摇曳才可以生姿。作者对文辞的运用十分朴质简白，所以他只说"能行步"，既然赞美她真能走路，自然一切体态动作都尽在其中了。而且这个女子的衣着也十分洒脱，她反穿着夹衣单襦，而有意无意间把后裙露出一截，更见她的活泼。接着作者从女子的风采进而引起男女的结合，应该是天经地义的事，更愿天下有情人，不仅能结为夫妇，而且都白头偕老，老到彼此都掉了牙。诗中表现出作者对男女的爱情观，是抱持着一种十分自然的态度，一点没有羞涩以及矫作。

第二首写一个女子在井旁汲水时，顾影自怜的情景。华阴县在今之陕西华阴市东南，当时属北周领域，因为《乐府诗集》所录《梁鼓角横吹曲》都是北方民歌。作者在前两句先用"百丈井""流泉彻骨冷"制造出深沉、冷寂、幽邃的气氛，所以末两句就不必再去描写女子的心境，而只需描绘出一幅女子形影孤单、借井水映面，孤芳自赏的画面，就已经收到了效果。而作者在末句上乃用"不见其余见斜领"的刻画，更见孤寂，因为"斜领"是女子自己的衣着。

第三首中的黄桑就是柘，是一物而异名，柘是一种常绿灌木，叶圆形有尖，可以喂蚕，皮可以用来涂染黄色。柘屐，就是用柘做的木屐；蒲子是一种水草，茎细长成圆柱形，长四五尺，叶细长、多肉互生，夏天开矛形茶褐色的花，叶子可以织成席子。蒲子履，就是用蒲子叶编的鞋子，这两种鞋子的中央都有两根丝绳，可以从两头系紧起来，诗人用它来比喻母家和婿家的联姻，以兴起下文女子盼望出嫁的心情，"小时怜母大怜婿"一句真是把女子出嫁前后的心境，表露无遗。

【原诗】

折杨柳歌辞 四首

上马不捉鞭，反折杨柳枝。

蹀（dié）座吹长笛，愁杀行客儿。

腹中愁不乐，愿作郎马鞭。

出入擐（huàn）郎臂，蹀座郎膝边。

遥看孟津河，杨柳郁婆娑。

我是虏家儿，不解汉儿歌。

健儿须快马，快马须健儿。

跛跋（bì bá）黄尘下，然后别雄雌。

【语译】

骑上了马后却不去拿鞭子，反而伸手折下了杨柳枝。

走着坐着的人都吹起长笛，使得远行客愁容满面。

满腹的忧愁和不乐，我愿变成郎手中的马鞭，

出入时挂在郎的臂上，走动或坐定时搁在郎的膝边。

远望孟津旁的黄河，杨柳树摇曳婆娑。

我是北地的胡人，不了解汉人的歌谣。

健壮的男儿必须骑快马，快马必须健壮的男儿驾驭。

让马蹄踏踢得黄尘四起，然后才能决定谁得胜利。

【赏析】

《折杨柳歌辞》在《乐府诗集》中共收五首，这里选四首，每首都是四句。第一首中既说"上马"，应该是远行，但诗中主角在上马后却不去拿马鞭，反倒顺手折断了杨柳枝，写出他依依不舍的心情。这时送别的长笛声已经四起，催促着他的征行，使得这位上了马的远行客内心惆怅不已。诗中"蹀"是行走的意思，

"座"通"坐"，蹀座是说奏乐的人很多，有的走着，有的坐着。横吹曲本是马上所奏的军乐，所以"蹀座吹长笛"想必就是胡人的军乐，当男儿出征时，进行曲已经奏起，依依不舍和满怀离绪的心境是可以体会的。

第二首写女子对爱人企盼能形影不离的遐思，文笔纯真浪漫，诗中"愿作郎马鞭，出入揽郎臂，蹀座郎膝边"的愿望，不禁令人想起那首今日依然流行的歌曲《在那遥远的地方》：

在那遥远的地方，有位好姑娘……我愿做一只小羊，跟在她身旁……

歌词中流露出一股强烈亲近爱人的向往，不觉中又会使人想起晋人陶渊明的《闲情赋》：

愿在衣而为领，承华首之余芳……

愿在裳而为带，束窈窕之纤身……

愿在发而为泽，刷玄鬓于颓肩……

愿在眉而为黛，随瞻视以闲扬……

愿在莞而为席，安弱体于三秋……

愿在丝而为履，附素足以周旋……

愿在昼而为影，常依形而西东……

愿在夜而为烛，照玉容于两楹……

愿在竹而为扇，含凄飙于柔握……

愿在木而为桐，作膝上之鸣琴……

陶渊明已作了各种"一亲芳泽"的设想，比起这首只是"愿作郎马鞭"要铺叙多了。若再往上推，这种描写手法，则又见于汉代张衡的《同声歌》：

邂逅承际会，偶得充后房，情好新交接，飓栗若探汤。愿思为莞席，在下蔽匡床。愿为罗衾帱，在上卫风霜。

第三首诗中的孟津是黄河边的一个重要渡口，在今河南孟津县南方，离洛阳不远，曹操的《蒿里行》上说："关东有义士，兴兵讨群凶。初期会盟津，乃心在咸阳……"诗中的"盟津"就是"孟津"，相传周武王伐纣时和诸侯就在此地会盟。在东汉时已常选用胡人为兵，在晋朝时，胡人的繁衍已经不断内逼，大约北起今辽东半岛、内蒙古以及甘肃省，南到今河北省东北部，山西省中南部。陕西省北、西、南部和四川省北部，把洛阳形成袋状包围，所以黄河边的孟津已经成了胡汉民族交界之处。作者是北方的胡人，遥望着孟津渡口的黄河边上，正是一幅杨柳丛生，摇曳生姿的画面。然而这种景象的趣味，不是胡人所能欣赏领略的，所以下面接着有"我是房家儿，不解汉儿歌"之句，虽然说的只是"汉儿歌"，而实际上是泛指汉俗文化而言。

第四首全在描写胡地风光，草原上健儿骑着骏马，奔驰中扬起滚滚黄沙，正是胡儿赛马竞技的好时光。不过这首诗把重点着落在健儿与快马的匹配上，比起盛唐边塞诗人笔下描写的塞外风光，就显得朴拙多了。下面举一首王维的《观猎》做个比较：

> 风劲角弓鸣，将军猎渭城。草枯鹰眼疾，雪尽马蹄轻。忽过新丰市，还归细柳营。回看射雕处，千里暮云平。

王维笔下不但有人物、健马，还有猎鹰、猎物以及原野上传来的角弓鸣动声，使一场狩猎显得热闹非凡，而这却是北朝文学中所最难看到的。

【原诗】

折杨柳枝歌　三首

门前一株枣，岁岁不知老。
阿婆不嫁女，那得孙儿抱。

敕敕何力力，女子临窗织。
不闻机杼声，只闻女叹息。

问女何所思，问女何所忆。
阿婆许嫁女，今年无消息。

【语译】

门前有一株枣树，年年都不会苍老，

阿婆不嫁女儿，哪能有儿孙可抱。

唉唉啊哦哦，有个女子临着窗前织布，

听不见织布机的响声，只听到织女的叹息。

请问织女你思念什么？请问织女你追忆什么？

阿婆已经答应嫁女儿，今年却没有消息。

【赏析】

《乐府诗集》中收录《折杨柳枝歌》共四首，其中第一首"上马不捉鞭，反拗杨柳枝。下马吹长笛，愁杀行客儿。"和前面的《折杨柳歌辞》的第一首大同小异，《乐府诗集》既把它们分别选录，想必它们的音乐性必有不同处。

今所选的三首中，第一首中的前两句是借物起兴，"枣"与"早"同音，所以也有催促阿婆早早嫁女的意思；而第二句"岁岁不知老"，却是反衬的用意，反在提醒岁月的易逝，年华的易老；所以三、四句才会有规劝阿婆快快嫁女，才会有儿孙可抱。第二首中的"敕敕""力力"都是叹息的声音；"何"是句中语气词，没有意思，它相当于白话中的"啊"。这首诗先写叹息的声音，再引出临窗织布的女子身形，而后再点明女子并不在织布，只是坐着叹息，将声音与画面合一，这种结构与欧阳修笔下的《秋声赋》有异曲同工之妙。第三首的前两句故意用问话的方式来强调女子对思和忆的重视，三、四句再说明此女子之所思所忆，原来是期盼早日出嫁，可是阿婆明明已经答应了，今年却又得不到一点明确的消息，这才是最恼人的时刻。这三首诗的内容看起来好像是连贯的，它大胆地透露出北地女子对"女大当嫁"认为是理所当然，她们毫无隐藏地表露，胡适之先生以为这是鲜卑民族文学的特色。

这三首诗中的后两首，几都被《木兰诗》所引用，想必它们的流传应该是比较早的。

【原诗】

木兰诗

唧唧复唧唧，木兰当户织。

不闻机杼声，唯闻女叹息。

问女何所思，问女何所忆，

女亦无所思，女亦无所忆。

昨夜见军帖，可汗大点兵。

军书十二卷，卷卷有爷名。

阿爷无大儿，木兰无长兄。

愿为市鞍马，从此替爷征。

东市买骏马，西市买鞍鞯（jiān），

南市买辔（pèi）头，北市买长鞭。

旦辞爷娘去，暮宿黄河边。

不闻爷娘唤女声，但闻黄河流水鸣溅溅（jiān）。

旦辞爷娘去，暮至黑山头。

不闻爷娘唤女声，但闻燕山胡骑鸣啾啾。

万里赴戎机，关山度若飞。

朔气传金柝（tuò），寒光照铁衣，

将军百战死，壮士十年归。

归来见天子，天子坐明堂。

策勋十二转，赏赐百千强。

可汗问所欲，木兰不用尚书郎。

愿驰千里足，送儿还故乡。

娘爷闻女来，出郭相扶将。

阿姊闻妹来，当户理红妆。

小弟闻姊来，磨刀霍霍向猪羊。

开我东阁门，坐我西阁床。

脱我战时袍，着我旧时裳。

当窗理云鬓，对镜贴花黄。

出门看伙伴，伙伴皆惊忙。

同行十二年，不知木兰是女郎。

雄兔脚扑朔，雌兔眼迷离。

双兔傍地走，安能辨我是雄雌？

哎哎哟哟的叹息声中，木兰对着窗在织布，

听不到机上杼头发出的声音，只听见女子的叹息。

请问你在想念什么？请问你在回忆什么？

其实女子也没什么可想！也没有什么可忆！

昨夜见到军中的文帖，可汗要大举征兵。

军书连下十二卷，每卷中都有父亲的姓名。

父亲没有长子，木兰也没有长兄，

我愿为此购买鞍和马，从此替父出征。

在东门市场买了鞍马，在西门市场买了鞍垫，

在南门市场买了辔头，在北门市场买了长鞭。

清晨辞别了父母出门，傍晚已宿止在黄河边。

听不见父母叫唤女儿的声音，只听见黄河的流水鸣响溅溅。

清晨离去了黄河边，傍晚已宿止在黑山头，

听不见父母叫唤女儿的声音，只听到燕山的胡骑啾啾嘶鸣。

奔赴万里的战地，飞度过重重的关山。

朔气中传送着刁斗打更的响声，寒光照耀着铁甲征衣。

将军历经百战后捐躯，壮士离乡十年后才得荣归。

回来时参见天子，天子高坐在明堂。

记录了功勋有十二级，赏赐的物品有千千万。

可汗问木兰要求什么官，木兰不想做尚书郎，

但愿借骆驼的千里脚劲，送我木兰回故乡。

父母听说女儿回来，相互扶持到城外迎接，

阿姐听说妹妹回来，对着窗忙打扮。

小弟听说姐姐回来，磨刀霍霍响去杀猪羊。

打开我东阁的房门，坐上我西间的卧床，

脱去我打仗时的征袍，穿上我旧时的衣裳。

对着窗梳理发鬓，对着镜涂抹花黄，

出门看同行的伙伴，伙伴都惊异慌张。

同行了十二年，不知道木兰是女郎。

雄兔的脚乱动，雌兔的眼模糊，

两只兔子奔跑在一起，又怎能辨别出雄雌？

【赏析】

　　《木兰诗》的作者姓氏不详。本篇最早著录于陈朝僧人智匠所撰的《古今乐录》，历代诗文选集中都有收录。《古文苑》以为是唐人作品，李昉《文苑英华》以为是唐大历中韦元甫所作，而宋郭茂倩《乐府诗集》以为是古辞，并认定他所录的第二首《木兰诗》才是唐人韦元甫的续作，而明冯惟纳《古诗纪》，清沈德潜《古诗源》，清王闿运《八代诗钞》，近人丁福保《全汉三国晋南北朝诗》，则都以为是梁人的作品。胡适《白话文学史》以为它起始六句和《折杨柳枝歌》（见前）二、三首中的前六句相同，所以它的产生时代也相近，这种故事诗在民间广泛流行时，引起了文人的注意，必不免有被削润的地方。

潘重规先生的《乐府粹笺》说："案《玉海》卷一百五引《中兴书目》'《古今乐录》三卷，陈光大二年僧智匠撰，起汉迄陈'。光大二年，距今已垂千四百多年，当年学者已不能详知木兰姓氏，是则《明一统志》氏之以朱、《清一统志》氏之以魏，徐渭《四声猿传奇》氏之以花，均不可信。至于木兰之时代，清姚莹《辀（yóu）康纪行》以为北魏孝文帝、宣武帝时人，宋翔凤《过庭录》以为隋恭帝时人，宋程大昌《演繁露》以为篇中有可汗大点兵语，谓其生世非隋即唐。今据《古今乐录》所载，知木兰绝非陈以后人。玩索诗辞，此诗殆为北朝乐府。盖燕山黑水，北国之地区；朔气寒光，北国之天候；可汗为北方天子之称，明驼乃朔地特有之兽，北朝乐府《折杨柳歌》……及此皆足为木兰北人之明证。"则木兰之姓氏依然成谜。不过以木兰姓花的传闻流传最为普遍，"花木兰"一名连小孩也耳熟能详。

这首诗在阅读时，可以把它分成六段：

第一段从头到"从此替爷征"止，写木兰在得知父亲被可汗征召服役时，心中郁悒叹息，即准备代父从军。诗中"可汗"是北方和西域各国君主的称谓，大约在魏太武时，柔然已称可汗（见明谢榛《四溟诗话》），所以"可汗"之称并不始于隋唐。

第二段从"东市买骏马"到"但闻燕山胡骑鸣啾啾"止，写木兰准备好行装，实时离开爷娘，前往战地，从此听不见爷娘的呼唤声，只听到黄河的水流声和胡马的长鸣声，表现了木兰内心的孤寂以及对父母的殷切思念。诗中写木兰分赴东、西、南、北四个市集购买骏马以及驭马的用具等，我想它的作用有二：第一，如此分写可以造成木兰准备行装时的忙碌气氛；第二，乐府诗是可以吟唱的，此处用四句相同的句式，即表示在乐谱上可能是四小节完全相同的节奏，以构成音乐上舒缓的效果，也有可能像相和歌《江南》一首中用"鱼戏莲叶东，鱼戏莲叶西，鱼戏莲叶南，鱼戏莲叶北"以构成和声之美。又诗中的黑山在今北京昌平区之天寿山，唐钱起有首《卢龙塞行》诗说"雨雪纷纷黑山外"，就是指此山，黑山一本也作黑水。燕山即今自蓟北绵延东向到辽西的燕山山脉，徐陵有首《代出自蓟北门行》说："蓟北聊长望，黄昏心独愁，燕山对古刹，代郡隐城楼。"即指此山。

第三段从"万里赴戎机"到"壮士十年归"止，写木兰在外征战时的情形，直到十年后才得胜还乡。诗中"金柝"是一种金属做的打更巡夜工具，即刁斗，《博物志》说："番兵谓刁斗曰金柝。"刁斗用铜做成，样子像锅，三脚，有柄，白天用来当锅煮食，晚上用来打更巡夜，唐朝高适《燕歌行》中有"寒夜一声传刁斗"，就是从此诗"朔气传金柝"一句变来。

第四段从"归来见天子"到"送儿还故乡"止，写木兰得胜，入朝见天子，她的功勋极高，赏物也很多，但是她宁愿辞去高位，回到故乡。诗中的"明堂"是天子祭祠、朝诸侯、教学、选士的地方。"愿驰千里足"一作"愿借明驼千里足"，明驼就是骆驼。《酉阳杂俎》："驼卧腹不帖地，屈足漏明，则行千里。"不过据内蒙古人传说：古时专用于喜庆佳节的骆驼，躯体精壮，平时善为饲养，用时盛饰珠丝，也叫"明驼"。

第五段从"爷娘闻女来"到"不知木兰是女郎"止，写木兰回家后，亲人迎接的种种欢愉场面以及木兰换回女装后令同伴惊讶的情形。诗中"花黄"是指花子和额黄，是妇女脸上额角的装饰，花子的妆饰始于秦代，据《中华古今注》："秦始皇好神仙，令宫人梳仙髻，贴五色花子，画为灵凤。"而额黄是六朝妇女常用的化妆，如梁简文帝《丽人诗》有："同安鬟里拨，异作额间黄。"又庾信诗也有"额角轻黄细轻安"。

第六段从"雄兔脚扑朔"到"安能辨我是雄雌"，借双兔为比喻，说要分辨木兰的男女本不容易，诗中"扑朔"是跳跃的样子，"迷离"是不明的样子。

全诗充满了故事性和趣味化。

《乐府诗集》中收录了木兰诗两首，现将另一首郭茂倩题名为唐朝韦元甫拟作的一首附录于下，以供比较参考之用。

木兰抱杼嗟，借问复为谁。

欲闻所戚戚，感激强其颜。

老父隶兵籍，气力日衰耗。

岂足万里行，有子复尚少。

胡沙没马足，朔风裂人肤。

老父旧羸病，何以强自扶。

木兰代父去，秣马备戎行。

易却纨绮裳，洗却铅粉妆。

驰马赴军幕，慷慨携干将。

朝屯雪山下，暮宿青海傍。

夜袭燕支肤，更携于阗差。

将军得胜归，士卒还故乡。

父母见木兰，喜极成悲伤。

木兰能承父母颜，却卸巾韝（gōu）理丝簧。

昔为烈士雄，今复娇子容。

亲戚持酒贺，父母始知生女与男同，

门前旧军都，十年共崎岖，

本结兄弟交，死战誓不渝。

今也见木兰，言声虽是颜貌殊。

惊愕不敢前，叹重徒嘻吁。

世有臣子心，能如木兰节。

忠孝两不渝，千古之名焉可灭！

相和歌辞

所谓相和歌的由来，据《宋书·乐志》（卷二十一）说：

"相和，汉旧曲也。丝竹更相和，执节者歌。本一部，魏明帝分为二，更递夜宿。"

又《古今乐录》（见《乐府诗集》卷二十六引）也说：

"凡相和，其器有笙、笛、节歌（鼓）、琴、瑟、琵琶、筝七种。"

可见"相和"当指乐器中的管乐（竹）和弦乐（丝）的相互合奏而言，按《乐府诗集》在相和歌辞下又细分为九类；

（一）相和六引

（二）相和曲

（三）吟叹曲

（四）四弦曲

（五）平调曲

（六）清调曲

（七）瑟调曲

（八）楚调曲

（九）大曲

然而其中的平、清、瑟三调，据《唐书·乐志》说，都是周代房中乐之遗声，汉代称谓三调，应当是清商。而楚调曲，《唐书·乐志》以为是汉房中乐，高祖乐楚声，所以房中乐为楚声，则楚调也属清商。又大曲据《宋书·乐志》所载，一部分是瑟调，一部分是楚调，也应归之清商。所以相和歌辞实际只有四类，现分别说明于下：

（一）相和六引：据《乐府诗集》引《古今乐录》说："张永《元嘉技录》相和有四引，一曰箜篌，二曰商引，三曰徵引，四曰羽引。……古有六引，其宫引、角引二曲阙。"崔豹《古今注·音乐》中讲述了一段哀艳动人的传说：

"《箜篌引》，朝鲜津卒霍里子高妻丽玉所作也。子高晨起刺船而濯，有一白首狂夫，被发提壶，乱流而渡，其妻随呼止之，不及，遂堕河而死。于是援箜篌而鼓之，作《公无渡河》之歌，声甚凄怆。曲终，亦投河而死。霍里子高还，以其声语妻丽玉，玉伤之，乃引箜篌而写其声，闻者莫不堕泪饮泣焉。丽玉以其声传邻女丽容，名曰《箜篌引》。"

这一传说未必可信，但却使后人误以《箜篌引》即《公无渡河》，其实据《古今乐录》：《公无渡河》应是瑟调曲，则是清商，所以六引现已不存。

（二）相和曲：据《乐府诗集》引《古今乐录》说："张永

《元嘉技录》：相和有十五曲：一曰《气出唱》，二曰《精列》，三曰《江南》，四曰《度关山》，五曰《东光》，六曰《十五》，七曰《薤露》，八曰《蒿里》，九曰《觐歌》，十曰《对酒》，十一曰《鸡鸣》，十二曰《乌生》，十三曰《平陵东》，十四曰《东门》，十五曰《陌上桑》。十三曲有辞：《气出唱》《精列》《度关山》《薤露》《蒿里》《对酒》，以上都是魏武帝辞；《十五》是文帝辞，《江南》《东光》《鸡鸣》《乌生》《平陵东》《陌上桑》，以上是古辞。二曲无辞：《觐歌》《东门》是也。"今本文所选译的多属古辞。

（三）吟叹曲：《乐府诗集》引《古今乐录》说："张永《元嘉技录》有吟叹四曲：一曰《大雅吟》，二曰《王明君》，三曰《楚妃叹》，四曰《王子乔》。《大雅吟》《王明君》《楚妃叹》，都是石崇辞。《王子乔》，是古辞。《王明君》一曲，今有歌。《大雅吟》《楚妃叹》二曲，今无能歌者。古有八曲，其《小雅吟》《蜀琴头》《楚王吟》《东武吟》四曲阙。"今古辞只存《王子乔》一曲。

（四）四弦曲：《乐府诗集》引《古今乐录》说："张永《元嘉技录》有《四弦》一曲，《蜀国四弦》是也，居相和之末，三调之首。古有四曲。其《张女四弦》《李延年四弦》《严卯四弦》三曲，阙。《蜀国四弦》节家旧有六解，宋歌有五解，今亦阙。"

【原诗】

江南

江南可采莲，

莲叶何田田，

鱼戏莲叶间。

鱼戏莲叶东，

鱼戏莲叶西，

鱼戏莲叶南，

鱼戏莲叶北。

【语译】

江南可采莲，

莲叶长得饱满新鲜。

鱼儿游戏在莲叶中间，

鱼儿游戏在莲叶的东边，

鱼儿游戏在莲叶的西边，

鱼儿游戏在莲叶的南边，

鱼儿游戏在莲叶的北边。

【赏析】

《江南》一首属相和曲，是一首地道的民歌，描写江南采撷莲子、莲藕时的情景。女子四五人结伴同行，各摇着轻舟，和游鱼一起穿梭游戏在莲叶之间。诗中前三句是一人发声独唱，后四句是众人齐声和唱，绽现出一幅采莲女活泼生动的画面。因为相和歌本就是一人唱、多人和的形式。古乐府诗中咏采莲的，又见《子夜夏歌》，有"乘月采芙蓉，夜夜得莲子"。《青骢白马》中也有"借问湖中采菱妇，莲子青荷可得否"。又《乐府诗集》中有刘缓《江南可采莲》诗说："春初北岸涸，夏月南湖通。卷荷舒欲倚，芙蓉生即红，楫小宜回径，船轻好入丛，钗光逐影乱，衣香随逆风，江南少许地，年年情不穷。"则江南采莲似在夏天的月夜为宜。

后来，梁武帝作《江南弄》以代替《西曲》，有《采莲》《采菱》都源出于此。

【原诗】

江南曲

唐·李益

嫁得瞿塘贾，朝朝误妾期。

早知潮有信，嫁与弄潮儿。

【语译】

自从嫁给瞿塘的商贾，他每次都耽误了我的约期。

如果早知潮水有一定的讯息，倒不如嫁给弄潮儿。

【原诗】

薤露

薤（xiè）上露，何易晞。

露晞明朝更复落，

人死一去何时归？

【语译】

薤叶上的露水，为什么那么容易晒干！

露水干了明朝还会再落，

人死了何时才能再归还？

【赏析】

崔豹《古今注》说："《薤露》《蒿里》并丧歌也，本出田横门人，横自杀，门人伤之，为作悲歌，言人命奄忽，如薤上之露，易晞灭也。亦谓人死魂魄归于蒿里，至汉武帝时李延年分为二曲。《薤露》送王公贵人，《蒿里》送士大夫庶人，使挽枢者歌之，亦谓之挽歌。谯周《法训》曰：'挽歌者，汉高帝召田横至尸乡，自杀，从者不敢哭而不胜哀，故为挽歌，以寄哀音。'《乐府解题》曰：'《左传》云：齐将与吴战于艾陵，公孙夏命其徒歌《虞殡》。杜预云：送死《薤露》歌即丧歌，不自田横始也。'"

这一首诗拿薤叶上的露水来比喻人生命的短促。然而人与露并不完全相同。因为人有感情，感情是人与人之间得以证明彼此存在的要件。所以我们看到露水干了会再降，其实此露已非彼露。人死了何尝不会续有人的再生，可是那一段彼此相互信赖的感情却死了。

《薤露》虽然是挽歌，但汉代以后的模仿者，都只是借用其名而已，内容已和挽歌无甚关系。如魏武帝的《薤露行》：

惟汉廿二世，所任诚不良。沐猴而冠带，知小而谋强。犹豫不敢断，因狩执君王。白虹为贯日，己亦先受殃。贼臣持国柄，杀主灭宇京。荡覆帝基业，宗庙以燔丧。播越西迁移，号泣而且行。瞻彼洛城郭，微子为哀伤。

已经变成伤时之歌了。

【原诗】

蒿里

蒿里谁家地，聚敛魂魄无贤愚。

鬼伯一何相催促，人命不得少踟蹰。

【语译】

蒿里是谁家的土地，它的聚散魂魄是不分贤愚。

鬼卒竟然如此急迫地催促，人的生命一刻也不能久伫。

【赏析】

蒿里本是地名，在泰山之南。乐府诗中属挽歌，意谓人死后魂魄归于蒿里。

人生在世，虽然有地位的尊卑、财富的差异、命运的顺逆，但不论贤愚，他最后必定会走向死亡。所以死亡是不能避免的，于是有人重视死亡，所谓"人生自古谁无死，留取丹心照汗青"。也有人看淡了死亡，如隋末唐初的诗人王梵志，他有诗说："城外土馒头，馅草在城里。一人吃一个，莫嫌没滋味。"而蒿里就是王梵志诗中的土馒头。不过《蒿里》到了汉以后已经不再作丧歌了，如魏武帝曹操的《蒿里行》：

关东有义士，兴兵讨群凶。初期会盟津，乃心在咸阳。军合力不齐，踌躇而雁行。势利使人争，嗣还自相戕。淮南弟称号，刻玺于北方。铠甲生虮虱，万姓以死亡。白骨露于野，千里无鸡鸣。生民百遗一，念之断人肠。

它已经变成叙事诗或咏史诗了，无论形式和内容都距离原作太过遥远。

【原诗】

鸡鸣

鸡鸣高树巅，狗吠深宫中。

荡子何所之，天下方太平。

刑法非有贷，柔协正乱名。

黄金为君门，璧玉轩阑堂。

上有双樽酒，作使邯郸倡。

刘王碧青甓（pì），后出郭门王。

舍后有方池，池中双鸳鸯。

鸳鸯七十二，罗列自成行。

鸣声何啾啾，闻我殿东厢。

兄弟四五人，皆为侍中郎。

五日一时来，观者满路傍。

黄金络马头，颎颎（jiǒng）何煌煌。

桃生露井上，李树生桃傍。

虫来啮桃根，李树代桃僵。

树木身相代，兄弟还相忘。

【语译】

鸡在高树的顶端啼着，狗在深深的宫墙中吠着。

狂荡的人能往哪儿去呢！因为现在正是天下太平。

刑法绝不宽贷通融，如不柔顺就是以乱名正法。

黄金镶在他的家门，碧玉做成高大的栏杆，

堂上陈设有成双的酒樽，使唤的是邯郸的倡伎。

刘姓王爷的碧青砖，后来却用在异姓王的宅第上。

宅舍后有座宽广的池塘，池中成双成对的鸳鸯。

鸳鸯有七十二只，自动罗列排成行。

鸣叫的声音啾啾然，一直传到大堂东侧的厢房。

兄弟有四五人，个个都官拜侍中郎。

休沐日时一同回来，围观的人都站满在路旁。

马的络头上镶着黄金，发出烨烨又煌煌的亮光。

桃树生在露天的井上，李树长在桃树的近旁；

蛀虫来咬桃树的根，李树却代桃树受灾而枯僵。

树木都能以身相替代，兄弟却还彼此相遗忘。

【赏析】

　　这首诗最早见于《宋书·乐志》的著录，内容部分隐晦，所以前人有的说它"前后辞不相属"，也有的说它"错简紊误"（见明朝冯惟讷《古诗纪》），甚至还有人怀疑它是由三段不完整的作品连缀拼凑起来的（见余冠英《汉魏六朝诗论丛》）。又有清代朱乾《乐府正义》和陈沆《诗比兴笺》都引用明朝唐汝谔《古诗解》的说法：据《汉书·元后传》的史实，以此诗为讽刺王莽陷害其诸父（同宗伯叔）王仁和堂兄弟王立而作。然而李因笃和陈祚明又都以为此诗必有所刺，只是其意不传，无缘可知了。

　　我们还是把它分成三段来看：

　　第一段从"鸡鸣高树巅"到"柔协正乱名"止，写天下太平之时，荡子不应胡作非为，因为刑法是绝不宽贷不法之徒的，对荡子的处置态度不外二途，不是柔顺，就是被以乱名正法，作者似有借以警诫世人勿生歹念的用意。诗中"鸡鸣高树巅，狗吠深宫中"以象征天下太平，是出于《史记·货殖列传》中引《老子》的话说："至治之极，邻国相望，鸡狗之声相闻。"以及《律书》说"天下殷富，粟至十余钱，鸡鸣吠狗，烟火万里，可谓和乐者乎"的意思，"荡子"是指游手好闲，不治生产的人，即如《列子·天瑞篇》所说"有人去乡土，离六亲，废家业，游于四方而不归者，何人哉! 世必谓之为狂荡之人矣"的狂荡之人。在汉代有许多外戚大臣（如卫青、霍去病、霍光等），都是寒微出身，一朝得势就变成贵族，但是他们又会在短暂的肆虐之后，即遭获罪伏诛的下场，这些人就都可能是诗中作者讽喻的对象——"荡子"。

第二段从"黄金为君门"起到"颍颍何煌煌"止，写外戚在贵幸后僭越奢侈的情形。诗中"刘王碧青甓，后出郭门王"两句，对外戚不满的心境，可从中窥知一二。"碧青甓"就是今之琉璃瓦，在汉代是只准宗室王家用的，而汉代刘姓，所以用刘王代表汉代宗室。"郭门"是指诸侯宫室的外门，则郭门王就是异姓诸侯王，汉代帝王大多年幼即位，而且又多所夭折，来自外戚的势力很大，尤其汉成帝以后，外戚王氏的势力为最炽，才会导致王莽的篡汉。诗中所说：刘王专用的碧青甓，而今竟为郭门王所用，岂非就是说刘氏的社稷已被异姓外人所夺了吗?

第三段从"桃生露井上"到"兄弟还相忘"止，借"李代桃僵"写出刘氏宗室替外戚贵族代罪的情形。宗室和外戚，虽然异姓，犹之"桃""李"互异，不过就平民的立场来看，宗室、外戚同样是高高在上的贵族，所以蛀虫虽然是由"桃"（外戚）引来，却使近傍的"李"（宗室）也蒙受到祸殃。汉代宗室之亡于外戚，正是此段的警谕之意。

所以《鸡鸣》一诗，显然是指斥外戚专权豪奢，招来民怨的诗。汉代一向外戚弄权，所以诗中究竟在讽刺谁？对象是很难确指的。

【原诗】

乌生

乌生八九子，端坐秦氏桂树间。

唶（jiè）！我秦氏，家有游遨荡子，

工用睢（suī）阳强，苏合弹，

左手持强弹，两丸出入乌东西。

唶！我一丸即发中乌身，

乌死魂魄飞扬上天。

阿母生乌子时，乃在南山岩石间。

唶！我人民安知乌子处，

蹊径窈窕安从通？

白鹿乃在上林西苑中，

射工尚复得白鹿脯。

　　唶！黄鹄摩天极高飞，
后宫尚复得烹煮之；
鲤鱼乃在洛水深渊中，
钓钩尚得鲤鱼口。

　　唶！我人民生各各有寿命，
死生何须复道前后。

【语译】

　　乌鸦生了八九只小鸟，栖息在秦氏的桂树之间。
啊！秦氏！家中有个游手好闲的荡子，
拿着睢阳工匠制的强弓，西域苏合香做的弹丸，
左手拿起弓弹出两丸，射在乌鸦的东西两旁。

　　啊！一颗弹丸，一发就击中乌鸦的身上，
乌鸦死了，魂魄就飞上了天。
母乌鸦生小乌鸦时，本是住在南山的岩石之间。

　　啊！人类，怎么会知道小乌鸦的居处，
小径弯曲深远，又怎么能够到达？

白鹿本来在上林的苑囿中，

射工却能杀了它做成肉脯。

啊！黄鹄飞得极高都快摸到了天，

后宫还是能把它捉来烹煮。

鲤鱼本来在洛水的深渊中，

钓钩还是能系住鲤鱼的口。

啊！人类！生而各有一定的寿命，

又何必计较前生后世。

【赏析】

　　这是一首以乌鸦的命运为比喻，而实际上是为弱小者鸣不平的诗。自然界的鸟兽在生存环境中，本与人无涉。乌鸦栖息在南山的岩石间，白鹿生活在森林中，黄鹄振翅高飞，鲤鱼潜居洛水深渊，而今它们不幸都被人类所杀。这些刽子手，或是秦氏的荡子，或是射工，或是后宫的侍御。对广大的民众来说，他们都是操生死与夺大权的贵族，或贵族的爪牙。（荡子之释为贵族，参见前首《鸡鸣》诗）既然生命都被操纵在别人的手中，那么弱小而又温顺的平民又何必再说什么前生与来世这些宿命论的话呢？

　　诗中的"上林"是汉代著名的苑囿，"后宫"是嫔妃居住的地方。都表示残害民众的人是来自贵族。而秦氏荡子所用的武器是睢阳的强弩，睢阳在今河南省商丘境内。朱建新注，疑睢阳为汉代制弓著称之地。"苏合"是西域特有的香（见《汉书·西域传》）。黄节说，苏合弹就是用苏合制成的弹丸。

到了后世，模拟《乌生》的诗也不少，但都变成了咏鸟诗，失去了汉诗特有的平民色彩，如南朝吴均的《城上乌》：

焉焉城上乌，翩翩尾毕逋。凡生八九子，夜夜啼相呼。质微知虑少，体贱毛衣粗。陛下三万岁，臣至执金吾。

【原诗】

平陵东

平陵东，松柏桐，不知何人劫义公。

劫义公，在高堂下，交钱百万两走马。

两走马，亦诚难，顾见追吏心中恻。

心中恻，血出漉，归告我家卖黄犊。

【语译】

在平陵的东边，丛生的松、柏、梧桐之中，不知道是什么人劫走了义公。

劫走了义公，在高堂之下，交人时要给百万两钱和两匹善走的好马。

要两匹善走的好马，也实在太困难了，看到追逼的差吏，心中痛恻。

心中痛恻，血也滴尽，只好回家卖掉小黄犊。

【赏析】

这首诗，始见于《宋书·乐志》。据崔豹《古今注》说："《平陵东》，汉翟义门人所作也。"而唐朝吴兢《乐府古题要解》更评释说："义，丞相方进之少子，字文仲，为东郡太守，以王莽方篡汉，举兵诛之。不克，见害。门人作歌以悲之也。"（翟义事见《汉书·翟方进传》）所以历来解释此诗的都本崔、吴之说。但把此诗内容与翟义事相较，不尽可合，就诗意看，义公仅被劫持以勒索求赎，并未遇害。所以这首诗竟有些对恶吏控诉的作用，因为诗中明言"追吏"。

虽然东汉自献帝以后，全国混乱，每遇事就向百姓摊派税赋，造成恶吏不择手段以催收的行径，似有可能。其实恶吏代代有之，也无关于朝代的清明。即如唐白居易的《杜陵叟》，就是描写恶吏的明显例子：

杜陵叟，杜陵居，岁种薄田一顷余。三月无雨旱风起，麦苗不秀多黄死。九月降霜秋早寒，禾穗未熟皆青干。长吏明知不申破，急敛暴征求考课。典桑卖地纳官租，明年衣食将何如？剥我身上帛，夺我口中粟。虐人害物即豺狼，何必钩爪锯牙食人肉！

不知何人奏皇帝，帝心恻隐知人弊，白麻纸上书德音，京畿尽放今年税。昨日里胥方到门，手持尺牒牓（bǎng）乡村。十家租税九家毕，虚受吾君蠲（juān）免恩。

比较两诗，可以看出《平陵东》只叙述了《杜陵叟》的前半段内容，自然两诗的作意是不尽相同的。

"平陵"是汉昭帝的墓陵，在长安西北大约七十里，古人常常在墓旁种植树木以为识别，所以诗中"松、柏、桐"都是指墓木。"义公"的说法很多，除前文提到指翟义外，有人说：义是形容字，和铙歌里"悲翁"的"悲"、《孔雀东南飞》中"义郎"的"义"用法相同。所以"义公"相当于口语中的"好人"（余冠英说）。或者说："义"本作"我"，因为形近而误，后来又附会成"翟义"（闻一多说）。两个说法都不错，可存参。

这首诗在形式上有个特色是，在换韵时一定把前一句的后三字重复，如"劫义公""走两马""心中恻"都出现两次，想必与音乐性有密切关系，这种民歌形式，唐人作品中仍有沿用，如王勃的《采莲曲》：

桂棹兰桡下长浦，罗裙玉腕轻摇橹。
叶屿花潭极望平，江讴越吹相思苦。
相思苦，佳期不可驻。
塞外征夫犹未还，江南采莲今已暮。

今已暮，采莲花，

渠今那必尽倡家……

其中"相思苦""今已暮"都使用叠句重出，使全诗的音节更显
得婉转。

【原诗】

陌上桑

日出东南隅，照我秦氏楼。

秦氏有好女，自名为罗敷。

罗敷喜蚕桑，采桑城南隅。

青丝为笼系，桂枝为笼钩。

头上倭堕髻，耳中明月珠。

湘绮为下裙，紫绮为上襦。

行者见罗敷，下担捋髭须；

少年见罗敷，脱帽着帩（qiào）头。

耕者忘其犁，锄者忘其锄。

来归相怒怨，但坐观罗敷。（一解）

使君从南来，五马立踟蹰。

使君遣吏往，问是谁家姝？

秦氏有好女，自名为罗敷。

罗敷年几何？二十尚不足，十五颇有余。

使君谢罗敷，宁可共载不？

罗敷前置辞：使君一何愚！

使君自有妇，罗敷自有夫。（二解）

东方千余骑，夫婿居上头。

何用识夫婿？白马从骊驹；

青丝系马尾，黄金络马头。

腰中鹿卢剑，可值千万余。

十五府小吏，二十朝大夫。

三十侍中郎，四十专城居。

为人洁白皙，鬈鬈（lián）颇有须。

盈盈公府步，冉冉府中趋。

坐中数千人，皆言夫婿殊。（三解）

【语译】

太阳高挂在东南方，照到了我秦氏的楼房。

秦家有位姣好的女郎，本名叫罗敷。

罗敷喜欢养蚕和采桑，采桑来到了城南。

用青丝做篮子上的绳络，用桂枝做篮子上的提柄。

头上梳着倭堕髻，耳上挂着明月珠。

杏黄的绫罗做下裙，紫色的绫罗制短袄。

当路上行人看到了罗敷，就放下担子抚摩髭须。

当少年看到了罗敷，就脱下帽子整理发巾。

使耕田的忘了犁耙，使锄地的忘了锄头。

回家都抱怨妻子丑陋，只因为多看了罗敷一眼。

太守从南方过来，五匹马都停下了脚步。

太守派个小吏前往，请问是谁家的女子？

秦家有位姣好的女郎，本名叫罗敷。

请问罗敷今年几岁？二十还不足，十五却有余。

太守请问罗敷，能和我同坐一车走吗？

罗敷亲自上前回答：太守怎么这么傻！

太守有自己的妻子，罗敷有自己的丈夫。

东方出现了一千多车骑，我的夫婿就在最前头。

用什么来辨识我的丈夫，那骑着白马有黑马跟随的；

马尾上系着青丝绳，马头上罩着黄金络。

腰中佩着鹿卢剑，可值千万余。

十五岁做了府中的小吏，二十岁在朝为大夫。

三十岁官拜侍中郎，四十岁做了一城的太守。

他有洁白的皮肤，脸上略长一些髭须。

在公所中迈着方步，在府衙里慢慢走踱。

在座有几千人，都说我的丈夫特殊。

【赏析】

这是一首流传民间的叙事诗，叙述秦罗敷美艳动人，众人为她倾倒，连太守也想追求她，但因罗敷有夫，而予以拒绝了。它最早著录于《宋书·乐志》，题为《艳歌罗敷行》，据《宋书》的原注说："三解。前有艳词曲，后有趋。"（按：解是乐歌的段落，一解犹言一章，"艳词曲"犹前奏，"趋"犹尾声。）《玉台新咏》辑录时，题为《日出东南隅行》，而《乐府诗集》则又题为《陌上桑》。

据崔豹《古今注》："陌上桑者，出秦氏女子。秦氏邯郸人，有女名罗敷，为邑人千乘王仁妻。王仁后为赵王家令。罗敷出，采桑于陌上，赵王登台，见而悦之，因置酒欲夺焉。罗敷巧弹筝，乃作《陌上桑》之歌以自明，赵王乃止。"不过，我们看崔豹的本事和原诗的内容也不甚符合，恐怕是后来衍生的传说。

全诗分成三解（段），第一段夸饰罗敷的发型、衣饰以及罗敷采桑时所用的篮子之洁美，以致引起众人对她的喜爱。诗中首两句"日出东南隅，照我秦氏楼"恐怕是歌者对于听众的开场白，所以用第一人称的口吻，借以引起下文，这是民间歌谣常用的风格。这首诗大概也是用讲唱的方式予以表现出来。至于诗中的主角秦罗敷也是民谣中惯用的美女姓名，如古诗《孔雀东南飞》有"东家有贤女，自名秦罗敷"。又《汉书·昌邑哀王传》："严延年……女罗紨（fū），前为故王妻。"周寿昌《汉书注校补》："罗紨即罗敷，古美人名，故汉女子多取为名。"

倭堕也作鬌髻（wǒ duǒ）、逶迤，萧子显的《日出东南隅行》中有"逶迤梁家髻"的句子，他用"梁家髻"来诠释"倭堕髻"。《后汉书·梁冀传》："冀妻孙寿……色美而善为妖态，作愁眉、啼妆、堕马髻、折腰步、龋齿笑。"李贤注引《风俗通》说："堕马髻者，侧在一边……始自冀家所为，京师翕然皆仿效之。"崔豹《古今注》则说："倭堕髻，一云堕马之余形也。"照这样看来，倭堕髻有些类似现代女人的发式，马尾型，只是略偏一旁而已。明月是珠宝名，楚辞《九章·涉江》有"被明月兮佩宝璐"之句。

从"青丝为笼系"以下六句，都在夸饰秦罗敷的衣饰之华美以及发型与手持物件等。之所以如此安排，用意在以此烘托主人公的突出，这也是民歌中惯用的手法，如《羽林郎》中对胡姬的描写，《孔雀东南飞》中对刘兰芝的刻画等。

第二段写太守的邂逅罗敷，对罗敷十分倾慕，就向她鲁莽地提出婚约，结果被拒。诗中"使君有妇，罗敷有夫"终于成为家喻户晓的名句。诗中把罗敷的年龄，限制在"二十尚不足，十五颇有余"之间，这也是汉代乐府中常见的描写，如《东飞伯劳歌》中有"女儿年纪十五六，窈窕无双颜如玉"。但是，何以多有如是的描写呢？据我考察，在《礼记·内则》上说："女子十年不出，姆教婉娩听从。执麻枲，治丝茧，织纴组训，学女事以共衣服……十有五年而笄，二十而嫁……"当然，在十五到二十之间，正是女子适婚年龄，也是最美的年龄了。

第三段写罗敷夸耀自己的夫婿，正好也刻画出了罗敷人格的完美。诗中"鹿卢"通作"辘轳",是井上汲水用的滑轮,在《汉书·隽不疑传》,颜师古注引晋灼说:"古长剑首以玉作井鹿卢形,上刻木作山形,如莲花初生未敷(开)时,今大剑木首,其状似花。"鹿卢剑当指剑柄用绦带缠绕起来,作鹿卢之形。

此段中罗敷把夫婿说成一个身份地位都不太低的贵族,很有可能也是作者有用意的安排,因为前文既然说罗敷既采桑又养蚕,很可能误以为她的出身低贱,如此写来,则罗敷不但身份不低贱,还更能刻画出她的勤俭,如此太守的唐突追求举动就益显得卑陋而轻佻了,至于罗敷必须具有何等身份,在诗中并不十分重要。

罗敷虽非贞烈妇女,但她婉拒太守追求的技巧却十分高明,这种光明磊落的胸襟,不禁使人想起唐代"瞎眼诗人"张籍的一首《节妇吟》:

君知妾有夫,赠妾双明珠。
感君缠绵意,系在红罗襦。
妾家高楼连苑起,良人执戟明光里。
知君用心如日月,事夫誓拟同生死。
还君明珠双泪垂,恨不相逢未嫁时。

这位妇女能体会被爱的喜悦,而又不被爱情蒙蔽理智,应该是天下一等的节妇无疑。

【原诗】

长歌行

青青园中葵，朝露待日晞。

阳春布德泽，万物生光辉。

常恐秋节至，焜（kūn）黄华叶衰（chuī）。

百川东到海，何时复西归？

少壮不努力，老大徒伤悲。

【语译】

园中有长得青茂的向日葵，

葵花上的晨露正等着阳光来曝晒。

温暖的春天布施出恩泽，

使万物发出生命的光辉。

经常担心秋天的到来，

使花和叶都黄陨而衰落。

百川皆东流向大海，

不知何时才能回归？

少壮时不肯努力，

老大时徒留伤悲。

【赏析】

《乐府诗集》中《长歌行》古辞录了三首，此仅录第一首，属相和歌平调曲。崔豹《古今注》："长歌、短歌，言人寿命长短，各有定分，不可妄求。"《乐府诗集》引《乐府解题》说："按古诗云：长歌正激烈。魏武帝《燕歌行》云：短歌微吟不能长。晋傅玄《艳歌行》云：咄来长歌续短歌。然则歌声有长短，非言寿命也。"（李善《文选注》也有此种说法）

这一首《长歌行》，在说芳华不能长久，应当及时努力，不要等年老时再徒然悲叹伤感，那是于事无补的。所以全诗在思想上是积极的，在感情上也是健康的。

前两句以园中葵花起兴，十分恰当，因为向日葵和代表时间的太阳，有着密切的关系，当向日葵长得青青茂盛时，正是少壮的象征，但作者却立刻在葵花的晨露上警示了生命的短促。三、四句写阳春布施德泽，万物都焕发出生命的光辉，表现了生命中最蓬勃的现象。然而到五、六句时，作者却一反气氛，写秋天一到，百花尽谢的残景，又借对比作用，警示了生命的疲惫衰竭。透了这双重刻画以后，自然时光似流水的结语意念就十分突出地被强化出来。最后作者揭示了本篇主旨"少壮不努力，老大徒伤悲"作结。

据清吴淇《选诗定论》说："（此诗）全于时光短处写长。人有一日之时，有一年之时，有一生之时。一日之时在于朝，一年之时在春，一生之时在少壮。三者，以为甚长，而玩愒则短，以为甚短，而勤修则长也……苟自甘暴弃，谓今日不修而有来日，今年不修而有来年，乃日复一日，年复一年，冉冉老至，恰如逝水赴海，岂有复西之日哉！轻弃重宝，哪不悲伤。"对此诗的体会深而明晰，可以帮助我们领会诗意。

【附录】

短歌行

魏·武帝

对酒当歌，人生几何？譬如朝露，去日苦多。

慨当以慷，忧思难忘。何以解忧？唯有杜康。

青青子衿，悠悠我心。但为君故，沉吟至今。

呦呦鹿鸣，食野之苹。我有嘉宾，鼓瑟吹笙。

明明如月，何时可辍？忧从中来，不可断绝。

越陌度阡，枉用相存。契阔谈讌，心念旧恩。

月明星稀，乌鹊南飞。绕树三匝，何枝可依？

山不厌高，海不厌深。周公吐哺，天下归心。

【原诗】

猛虎行

饥不从猛虎食，暮不从野雀栖。

野雀安无巢，游子为谁骄？

【语译】

饥饿时不跟着猛虎去猎食，

日暮时不随着野雀去栖止。

野雀怎么会没有窝巢，

游子能为谁骄傲?

【赏析】

这首诗在《乐府诗集》中不录于正文，而见著于魏文帝诗《猛虎行》之解题。据《乐府广序》说:"《猛虎行》歌猛虎，谨于立身也。词曰:君子不失足于人，不失色于人，不失口于人。咏游子士穷视其所不为，义加警也。"

这首诗短短四句，有些像警语而不类诗。它的主旨是在劝诫世人的，《广序》的说法应可成立。后人以《猛虎行》为题的仿作很多，不过用意都变了，下引唐人张籍的仿作:

南山北山树冥冥，猛虎白日绕林行。

向晚一身当道食，山中麇鹿尽无声。

年年养子在深谷，雌雄上山不相逐。

谷中近窟有山林，长向村家取黄犊，

五陵年少不敢射，空来林下看行迹。

就有些像咏虎诗，很难从文字中去体会他笔下的"猛虎"是否有所讽喻之对象了。

【原诗】

君子行

君子防未然，不处嫌疑间。

瓜田不纳履，李下不正冠。

嫂叔不亲授，长幼不比肩。

劳谦得其柄，和光甚独难。

周公下白屋，吐哺不及餐，

一沐三握发，后世称圣贤。

【语译】

君子能防患于未然，不置身在使人嫌疑的地方。

瓜田下不穿系鞋子，李树下不端正帽冠。

大嫂和小叔间不私相授受，长辈和晚辈同行时不能比肩。

勤劳而谦逊能够获得权柄，要和外物融合却十分困难。

周公礼待白屋中的贤士，屡次吐出口中的肉脯而来不及用餐。

沐洗时屡次握住头发接见宾客，后世都称赞他是圣贤。

【赏析】

这首诗旨在说明君子的立身处世，礼贤下士之道。诗中"瓜田不纳履，李下不正冠"，就是成语"瓜田李下"的出处。"劳谦"一词出于《易经》"劳谦君子终吉"。"和光"出于《老子》。"周公下白屋"则语见《汉书·萧望之传》："恐非周公躬吐握之礼，致白屋之意。"白屋就是贱役之人所住的地方。"吐哺不及餐，一沐三握发"则见《史记·鲁世家》："周公戒伯禽曰：吾一沐三握发，一饭三吐哺，以待天下之士，我恐失天下之贤人。"

【原诗】

相逢行

相逢狭路间，道隘不容车。

不知何年少，夹毂问君家。

君家诚易知，易知复难忘。

黄金为君门，白玉为君堂。

堂上置樽酒，作使邯郸倡。

中庭生桂树，华灯何煌煌。

兄弟两三人，中子为侍郎。

五日一来归，道上自生光。

黄金络马头，观者盈道傍。

入门时左顾，但见双鸳鸯。

鸳鸯七十二，罗列自成行。

音声何噰噰（yōng），鹤鸣东西厢。

大妇织绮罗，中妇织流黄。

小妇无所为，挟瑟上高堂。

丈人且安坐，调丝方未央。

【语译】

相遇在狭窄的道路间，道路的狭隘竟容不下车。

不知是何方的少年，并行在车旁探听君家。

君家实在容易辨识，记住了就再也不会忘。

黄金装饰在君家的大门，白玉点缀在君家的大堂。

堂上陈设着樽酒，使唤的是邯郸的名倡。

庭中栽种了桂树，树上的华灯烨烨辉煌。

兄弟有两三人，中子是侍郎。

每隔五天回来一次，使道路上灿烂生光。

黄金镶在马的络头上，围观的人都挤满道旁。

进门后向左一看，只见双双对对的鸳鸯，

鸳鸯共有七十二只，自行罗列排成行。

雝雝的声音叫个不断，鹤鸣的声音传遍了东西厢。

大媳妇织着绮罗，二媳妇织着流黄。

小媳妇没事可做，就挟起瑟上了高堂。

丈人暂且安坐，瑟上的丝弦还没调完。

【赏析】

　　《相逢行》为相和歌辞的清调曲,题名也叫《相逢狭路间行》,或《长安有狭斜行》。文辞上有大部分和《鸡鸣》篇相同,内容上除了赞美君家的富贵外,似找不出什么特别有意义的主题或讽喻的象征。

　　诗中的"流黄"是指一种黄茧的丝,而"丈人"一词,据《颜氏家训》说:"歌辞先述三子及三妇,是对舅姑之称。其末章'丈人且安坐',丈人亦长老之目。北间风俗,妇呼舅姑为'大人','丈'与'大'易为误耳。"

　　但《乐府诗集》卷三十五中又录了一首《长安有狭斜行》说:

长安有狭斜,狭斜不容车。

适逢两少年,挟毂问君家。

君家新市傍,易知复难忘。

大子二千石,中子孝廉郎。

小子无官职,衣冠仕洛阳。

三子俱入室,室中自生光。

大妇织绮纻,中妇织流黄。

小妇无所为,挟琴上高堂。

丈夫且徐徐,调弦讵未央。

此诗中用三子三妇相对描写，比前首较为合理。而且文意活泼，又无与《鸡鸣》诗相重复的句子。前后两首《乐府诗集》都署名"古辞"，唯前一首系"晋乐所奏"，是否《鸡鸣》诗中的文辞，是在演奏时加入，就不得而知了。

【原诗】

善哉行

来日大难，口燥唇干。

今日相乐，皆当喜欢。（一解）

经历名山，芝草翻翻，

仙人王乔，奉药一丸。（二解）

自惜袖短，内手知寒，（内通"纳"）

惭无灵辄，以报赵宣。（三解）

月没参（shēng）横，北斗阑干。

亲交在门，饥不及餐。（四解）

欢日尚少，戚日苦多，

以何忘忧，弹筝酒歌。（五解）

淮南八公，要道不烦，

参驾六龙，游戏云端。（六解）

【语译】

来日会有大灾难，使人口燥唇干。

今天能共享快乐，都应当欢欢喜喜。

经历过有名的大山，灵芝草随风荡漾，

遇到仙人王乔，奉上仙药一丸。

自恨衣袖太短，一缩手就感觉微寒，

自惭没有晋国人灵辄的行径，以报答赵宣。

月亮没入了西方的地平线，北斗七星纵横天上，

亲戚朋友等在家门，饿着肚子还没用餐。

欢乐的日子太少，悲戚的岁月苦长，

用什么来排解忧愁，只有弹筝饮酒和歌唱。

淮南和八公都是仙人，得道的要诀并不繁琐，

我驾着六匹巨龙，游戏在天际云端。

【赏析】

　　这是一首相和歌辞中的瑟调曲，描写人的生命短暂不可保，应当与亲友和睦相处，共享快乐。或者追求长生不老之术，和淮南、八公、王子乔等仙人共游仙境。此诗两句为一解，共六解。解是章的意思，《古今乐录》说："伧歌（北方的乐府民歌）以一句为一解，中国以一章为一解。"王僧虔说："古曰章，今曰解。解有多少，当时先诗而后声；诗叙事，声成文，使志尽于曲；是以作诗有丰约，制解有多少。"

　　诗中"王乔"即王子乔，《列仙传》说："王子乔，周灵王太子晋也。好吹笙，作凤鸣，游于伊洛之间，浮丘生接引上嵩山，后乘白鹤至缑氏山头，举手谢时人，数日而去。"灵辄和赵宣事见《左传》："初宣子田于首山，舍于翳桑，见灵辄饿，问其病，曰：'不食三日矣。'食之，舍其半。问之，曰：'官三年矣，未知母之存否，今近焉，请以遗之。'使尽之，而为之箪食与肉，置诸橐以与之。既而与为公介，倒戟以御，公徒而免之。问其故，对曰：'翳桑之饿人也。'问其名居，不告而退，遂自亡也。"淮南与八公事见《列仙传》："淮南王与八公白日升天，所踏山上石，皆陷成迹；鸡犬尽皆升天，故鸡鸣天上，犬吠云中也。"按八公是左吴、李尚、苏飞、田由、毛披、雷被、晋昌、伍被八人（见《小学绀珠》）。

【原诗】

陇西行

天上何所有？历历种白榆。

桂树夹道生，青龙对道隅。

凤凰鸣啾啾，一母将九雏。

顾视世间人，为乐甚独殊。

好妇出迎客，颜艰正敷愉。

伸腰再拜跪，问客平安不？

请客北堂上，坐客毡氍（qú）毹（shū）。

清白各异樽，酒上正华疏。

酌酒持与客，客言主人持。

却略再拜跪，然后持一杯。

谈笑未及竟，左顾敕中厨。

促令办粗饭，慎莫使稽留。

废礼送客出，盈盈府中趋。

送客亦不远，足不过门枢。

取妇得如此，齐姜亦不如。

健妇持门户，一胜一丈夫。

【语译】

天上有些什么？分明地种着白榆。

桂树夹道而生，青龙相对地排在道边。

凤凰啾啾然鸣叫，一只母鸟带着九只幼雏。

回顾世上的人，他们作乐的方法独异特殊。

姣好的妇女出来迎客，脸上的表情愉悦。

她站起来又再跪拜，请问登门的客人平安否？

请客人到了北堂上，请客人坐上毛织的毡毯。

清酒白酒分盛不同的酒樽，酒上得殷勤丰盛。

酌酒持敬客人，客人也劝主人把杯。

她稍退再拜跪，然后才喝一杯。

招呼谈笑还没完，又去厨房督促照顾，

吩咐赶紧办粗饭，千万别使客人等候。

宴礼罢送客出，在府中迈着缓慢的脚步，

送客时走得也不远，脚没跨出门枢。

娶个媳妇能够如此，连齐姜也不如她。

健妇的善于操持门户，远胜过大丈夫。

【赏析】

这首诗属相和歌辞中之瑟调曲，一名《步出夏门行》。陇西是秦代时所置的郡名，因为在陇坻（陇山）之西而得名。相当于今之甘肃省东南部之地。

全诗可分两部分，前八句写天上景象，为起兴。八句以后才是本文。这首诗是描写妇人的容色，并赞美她能应对宾客十分得体，其次再说她也善于主中馈，最后说她礼终送宾客也中规矩合礼仪。所以这种妇女是胜过齐姜的。齐姜是春秋时齐桓公的宗女，晋文公的夫人，文公就是公子重耳。初文公父献公纳骊姬之谮言，杀了太子申生。重耳和舅犯出亡，到了齐国，桓公把齐姜许配给重耳，并且还有马二十乘，重耳遂有苟安之意。而舅犯等以为不可，准备离去，和从者在桑树下计谋，有个蚕妾正在树上，偷听到了秘密，就去告诉齐姜，齐姜杀了蚕妾，而对重耳说："你的随从正准备带你离去，听到秘密的人，已被我除去。公子必须走，不可以有二心，要恢复晋国的责任，就只靠你了，勉励吧！"重耳不听，齐姜和舅犯等把重耳灌醉了，送出齐国去。重耳到了秦国，秦穆公派兵把他护送回晋国，晋人共立他为君，迎齐姜为夫人，一霸天下，成为诸侯盟主（事见《左传》）。可见齐姜是一位深明大义的贤内助，所以诗引齐姜之贤为典故。

《乐府诗集》卷四中，又录了一首题名叫《步出夏门行》的诗，诗文是：

邪径过空庐，好人常独居。

卒得神仙道，上与天相扶。

过谒王父母，乃在太山隅。

离天四五里，道逢赤松俱。

揽辔为我御，将吾上天游。

天上何所有？历历种白榆，

桂树夹道生，青龙对伏趺。

正好和《陇西行》的起兴前八句是可以连贯的，所以《陇西行》之前八句，是否是错简，是不无可疑的。

后人的《陇西行》仿作，也多无赞美妇女之词，如唐人王维之作：

十里一走马，五里一扬鞭。

都护军书至，匈奴围酒泉。

关山正飞雪，烽戍渐无烟。

倒变成一首甚佳的边塞诗了。

【原诗】

西门行

出西门，步念之，

今日不作乐，当待何时？

逮为乐，逮为乐，当及时，

何能愁怫（fú）郁，当复待来兹。

酿美酒，炙肥牛，

请呼心所欢，可用解忧愁。

人生不满百，常怀千岁忧。

昼短苦夜长，何不秉烛游？

游行去去如云除，弊车羸马为自储。

【语译】

当走出了西门，每跨一步都沉浸在思念之中，

今天如果不行乐，还等待何时？

及时行乐！及时行乐！应当及时。

怎么能愁苦抑郁，还在等待来时。

酿造美酒，烧烤肥牛，

请呼唤来心中的爱人，可以解除忧愁。

人生的岁月不到百年，却怀着千年的苦忧。

白昼短暂黑夜苦长，为何不去秉烛遨游？

游行的岁月有如浮云的消除，破车弱马都为自己备储。

【赏析】

《乐府诗集》中收录《西门行》两首，一首为"晋乐所奏"，此录"本辞"。全诗反映出一股浓烈的颓废思想，劝人及时行乐。这应是东汉时的作品。"本辞"和"晋乐所奏"两诗最大的不同，在于末尾几句，"晋乐所奏"一首有：

自非仙人王子乔，计会寿命难与期。

人寿非金石，年命安可期。

贪财爱惜费，但为后世嗤。

至于《古诗十九首》之第十五首说：

生年不满百，常怀千岁忧。

昼短苦夜长，何不秉烛游？

为乐当及时，何能待来兹？

愚者爱惜费，但为后世嗤。

仙人王子乔，难可与等齐。

据近人余冠英以为《西门行》"本辞"为最早，《古诗十九首》系本于本辞，而"晋乐所奏"者为拼凑前两首而成，从此可以推知五言诗的成熟与乐府诗有密切的关系。

【原诗】

东门行

出东门，不顾归。

来入门，怅欲悲。

盎中无斗米储，还视架上无悬衣。

拔剑东门去，舍中儿母牵衣啼。

他家但愿富贵，贱妾与君共餔（bū）糜。

上用仓浪天故，下当用此黄口儿，今非！

咄！行！吾去为迟，

白发时下难久居。

【语译】

走出东门，就没打算再回来，

回到家门，就怅恨伤悲。

米缸中没有一斗米的储存，回顾架上也没挂一件衣服。

拔出刀剑往东门而去，家中孩子的妈牵拉着衣服哭啼。

人家只求富贵，我只想和你共吃粥糜。

在上因为有苍天，在下更当顾念黄口小儿。

你今天的做法是不对的！

去你的！走啦！我现在去已经太迟啦！

白头发都脱落了，恐怕难捱下去了。

120

【赏析】

　　《乐府诗集》收录此诗在《相和歌辞·瑟调曲》，但曲名又见于"大曲"，所以也有人属之"大曲"。除这首"本辞"外，《乐府诗集》中还录了一首晋乐所奏之《东门行》，文字上与前首略有不同，辞如下：

　　　　出东门，不顾归。

　　　　来入门，怅欲悲。

　　　　盎中无斗米储，还视桁上无悬衣。

　　　　拔剑出门去，儿女牵衣啼。

　　　　他家但愿富贵，贱妾与君共餔糜。

　　　　共餔糜，上用仓浪天故，下为黄口小儿。

　　　　今时清廉，难犯教言，君复自爱莫为非。

　　　　行！吾去为迟，平慎行，望君归。

　　两相比较，不难发现，"晋乐所奏"一首的主题比较明显，它强调了"今时清廉，难犯教言，君复自爱莫为非"的道理。两首参照，可以看出《东门行》的内容，是在叙述一个男子被生活的穷困所迫，铤而走险，他家中的妻子牵着衣服劝阻，可是他迫于生活，还是不听劝告出走了。这首诗显然是反映了一个离乱中的社会背景，应该是东汉时的作品。

　　这首诗分三段，由诗中男子与他的妻子，交错为主语以叙述。

第一段从"出东门"到"舍中儿母牵衣啼"是男子为主语。前四句写他矛盾、痛苦的内心，对一个贫陋残破的家，他本想弃之不顾，但一份责任感迫使他仍旧回来接受这种怅恨与伤悲。五、六句写家中的贫穷，盆里没有一斗米的储存，衣架上不挂一件衣裳，显然挨饿受冻的日子，已迫在眉睫，男子连养家糊口的责任都不能尽到，还谈什么教养与道德约束呢？于是七句写他铤而走险，八句写妻子牵衣哭泣着劝止，这完全是一幅乱世的"地狱变相"。

第二段的主语是女子，前两句表明了她的心迹，人家嫁人是贪图富贵，而我与你结合，只求两情相系，同甘共苦，充分显现了这位女子是十分通达事理的贤内助。三、四两句，是女子劝阻男子的话。"仓浪天"就是"青天""苍天"，所谓"天理昭彰"，坏事是干不得的。"黄口儿"是指幼儿，如果一旦犯法，小孩也连累受苦挨冻，所以当下也要为孩子着想呀！

第三段是男女交相对话的口吻。先是女子说："你今天的做法是不对的（今非）。"于是男子显得有些不耐烦地说："去你的（咄）！""我走啦！""我现在去已经太迟了。""咄"是呵斥责骂的声音。末句又是男子的语气，他说："白发都脱落了，恐怕难挨下去了。"对未来充满了颓唐和失望的情绪。

总之，当你读完诗篇，你会觉得这对夫妻，一个有责任感，另一个不但明理而又深情不移。所以他们的苦难是谁所造成的？那必是整个时代动乱下的灾祸。所以这首诗的感情不是个别的，它的成功在于它剖析了一个时代性的问题。

【原诗】

饮马长城窟行

青青河畔草，绵绵思远道。

远道不可思，宿昔梦见之。

梦见在我傍，忽觉在他乡。

他乡各异县，辗转不相见。

枯桑知天风，海水知天寒。

入门各自媚，谁肯相为言。

客从远方来，遗（wèi）我双鲤鱼。

呼儿烹鲤鱼，中有尺素书。

长跪读素书，书中竟何如？

上言加餐饭，下言长相忆。

【语译】

河畔是青青的春草，像绵延的思念萦绕在远方。

遥远得令人无从思念，只有在昨夜的梦中相见。

梦见你在我的身旁，忽然又惊觉你在他乡。

既在他乡又各处异县，反复相思却不能相见。

枯萎的桑树也能感觉天上的风，不结冻的海水也能感觉天气的寒。

大家进了家门都各自去爱自己的家人，谁又肯对我用言语慰问。

这时来了一位远方的客人，赠送我一双鲤鱼。

叫来小童烹煮鲤鱼，其中藏了一尺长的素绢家书。

长跪着阅读素绢家书，看看其中究竟写些什么？

前文说要我多吃东西，下文说他对我思念不已。

【赏析】

这首诗最早见于《昭明文选》著录，题为"乐府古辞"。五臣注："名字磨灭，不知其作者，故称古辞。"《乐府诗集》著录于相和歌辞之瑟调曲，也称古辞。而《玉台新咏》则题为蔡邕作。但看蔡邕的其他作品，像《琴歌》《樊惠渠歌》《翠鸟诗》等，文辞都比较质直，和此诗的高妙古宕的风味不相类似（参陈沆说）。而且此诗的民歌色彩十分浓厚，应该是无名氏的作品。

此诗一作《饮马行》，五臣说："长城，秦所筑，以备胡者。其下有泉窟，可以饮马。征人路出于此而伤悲矣。言天下征役，军戎未止，妇人思夫，故作是行。"因为秦汉时远戍长城，是征人最感痛苦的事，所以后来逐渐形成为艰苦的行役生活的一种代称。所以本篇名为《饮马长城窟行》，而实际上此诗中并无叙长城之事，反倒不如魏代陈琳的《饮马长城窟行》更为贴切，其诗如下：

饮马长城窟，水寒伤马骨，

往谓长城吏，慎莫稽留太原卒。

官作自有程，举筑谐汝声，

男儿宁当格斗死，何能怫郁筑长城？

长城何连连，连连三千里，

边城多健少，内舍多寡妇。

作书与内舍，便嫁莫留住。

善事新姑嫜，时时念我故夫子。

报书往边地，君今出语一何鄙？

身在祸难中，何为稽留他家子，

生男慎莫举，生女哺用脯。

君独不见长城下，死人骸骨相撑住。

结发行事君，慊慊心意关，

明知边地苦，贱妾何能久自全。

前面那首《饮马长城窟行》，可以把它分成三段：

第一段从"青青河畔草"到"辗转不相见"止，叙述妇人对远戍征人的相思之情。从思妇看到青青的河畔草为起兴，接着以双关语"绵绵"，从春草的绵延不绝，以形容相思的缠绵不断。然而这种相思都是无奈的，徒然无益的，相见日子的不可期许，就有如梦般的虚幻，梦可以飘忽无定，不受时间、空间的限制，但是人是具体的，永不能超越时空，也只有寄托在感情的萦系了。这八句中，多有用上一句句末的两字为下一句起首的，如"远道""梦见""他乡"等。这是民间诗歌的特色之一，旧称"顶真体"，也叫"联珠格"。

第二段从"枯桑知天风"到"谁肯相为言"四句，写思妇内心的孤独凄苦。起首两句，用"枯桑""海水"为喻写自己的相思之情，也是民歌中惯用的比兴手法。清吴景旭《历代诗话》说："……合下二句总看，乃云'枯桑知天风，海水知天寒'，以喻妇之自苦自知；而他家入门自爱，谁相为问讯乎！"

闻一多《乐府诗笺》则说："沧海桑田，高下异处，喻夫妇远离不能会合。'枯桑'喻夫（越《榜人歌》：山有木兮木有枝，心悦君兮君不知），'海水'自喻（元稹《离思》诗：曾经沧海难为水，除却巫山不是云），'天风''天寒'喻孤栖独宿，危苦凄凉之意，见落叶而知木受风吹，见冰结而知水感天寒，枯桑无叶可知，海水经冬不冰，一似不知'风''寒'者，非真不知之，人不见其知之迹象耳，以喻夫妇久别，口虽不言而心自苦。"此段虽然短短四句，但对思妇内心痛苦的刻画，却是无言胜有言。

第三段从"客从远方来"到"下言长相忆"止，写思妇在收到家书时，紧张的心情。诗中"双鲤鱼"就是指家信。据闻一多引近人傅振伦《简策说》一文的说法以为："藏书之函也。其物以两木板为之，一底一盖，刻线三道，凿方孔一：线所以通绳，孔所以受封泥……此或刻以为鱼形，一孔以当鱼目。一底一盖，分之则为二鱼，故曰'双鲤鱼'也。"但假鱼不能烹煮，可见是诗人为了造语生动，故意把拆开书函的动作描写成"烹鲤鱼"。也有人说以"鱼"象征书信，这是古代民间习用的比喻。如《诗经·桧风·匪风》："谁能亨（烹）鱼，溉之釜鬵；谁能西归，怀之好音！"所以烹鱼得书自有其说（参黄节说）。"尺素书"指书信，帛叫素，木称牍，长度都不超过一尺，所以叫"尺素"或"尺牍"。

至于读书信时，何以必须作"长跪"状？据闻一多说："古人席地而坐，两膝着地，以尻（臀部）着膝，着（靠紧）稍安者曰坐；伸腰及股，两膝擆（支拄）地而耸体（耸起上身）者曰跪。其体益耸，以致其恭（表示敬意）者则曰'长跪'。"所以此处写女子本来席地而坐，因为看到书信而心情迫切，急着想知道信中的内容，于是长跪而读信。

来信中虽然只提到"加餐饭"和"长相忆"，但多少的保重和思念，都已经寄托在这朴拙的六字之中，这也正是民歌的又一特色。

《饮马长城窟行》古辞到了齐梁，也有称为《青青河畔草》的，如梁代沈约诗云：

漠漠床上尘，心中忆故人。

故人不可忆，中夜长叹息。

叹息想容仪，不言长别离。

别离稍已久，空床寄杯酒。

可谓把"联珠格"的特色发挥到了极致。

【原诗】

妇病行

妇病连年累岁，传呼丈人前一言。

当言未及得言，不知泪下一何翩翩。

"属累君两三孤子，莫我儿饥且寒，

有过慎莫笪（qiè）答，行当折摇，思复念之。"

乱曰：抱持无衣，襦（rú）复无里。

闭门塞牖舍，孤儿到市，

道逢亲交，泣坐不能起。

从乞求与孤买饵，对交啼泣泪不可止。

"我欲不悲伤不能已。"探怀中钱持授交。

入门见孤儿，啼索其母抱，

徘徊空舍中，行复尔耳，

弃置勿复道！

【语译】

　　妇人患病了多年，招呼丈夫到面前交代遗言，

　　该说的话还没来得及说，不由得眼泪就翻翻流下。

　　嘱托您照顾这两三个孤儿，不要使我的孩子受冻挨饿。

　　孩子有过错时千万不要责打，我就要死了，希望您常常记住这些话。

　　尾声：（父亲）要抱孩子时才发现他没穿衣，而且穿着的短衣中又没有内里。

　　于是闭上了大门关上了窗户，带着孤儿到了市集。

　　道路上遇到了亲友，哭得跌坐在地上站不起。

　　向亲友乞求能替孤儿买个饼饵，对着亲友哭泣得泪水流个不止。

　　我（作者也是亲友）就是想不悲伤也不能够。探手怀中拿了钱给他。

　　当亲友进了门来看，孤儿哭啼着要求母亲抱，

　　我徘徊在空屋中，想他们也将像母亲一样……

　　（乐工）就此罢止不必再说了。

【赏析】

这是一首写病妇临终前,嘱托丈夫照顾孤儿的诗。全诗可分成两部分:

第一段从"妇病连年累岁"到"思复念之",其中有作者对病妇的描写(前四句),也有病妇临终的遗言(后五句),句句感人肺腑,充分流露出母爱的真挚与伟大。其中"折摇"一词,即折夭,犹言夭折,是妇女自谓之词。也有人说,它是指妇人预言这些孩子大概也活不久。此种说法,违背常理,此处不采用。

第二段从"乱曰"到"弃置物复道"止,是写病妇死后的情形。前四句写父亲在贫困煎迫下,带着孤儿到市场想办法。五到九句,写他在路上遇到亲友,泣不成声,含泪乞求为孤儿要些买饼充饥的钱。"我欲不悲伤不能已"是亲友(也就是作者)说的话。亲友被感动后,送了钱给他,又陪着他一起回家,当一跨进大门,孤儿就哭啼着索求母亲抱,这真是人间最惨痛的画面。当亲友(也就是作者)徘徊在空屋中,想到孤儿不久也将像他们的母亲遭受同样的悲惨命运时……

"弃置勿复道"一句是乐工插入的旁白,因为故事叙述到此,场面已太过感人,乐工就此刹止。从这种现象可以窥知,此首《妇病行》是用讲唱的形式表达出来的。

诗中的"乱曰","乱"是乐歌的卒章,《离骚》中已经采用。

这首诗和《东门行》《孤儿行》等都强烈地反映出社会离乱、贫病中所造成的许多问题,代表了广大平民阶层的心声。

孤儿行

孤儿生，孤子遇生，命独当苦！

父母在时，乘坚车，驾驷马。

父母已去，兄嫂令我行贾。

南到九江，东到齐与鲁。

腊月来归，不敢自言苦。

头多虮虱，面目多尘。

大兄言办饭，大嫂言视马。

上高堂，行取殿下堂，孤儿泪下如雨。

使我朝行汲，暮得水来归。

手为错，足下无菲。

怆怆履霜，中多蒺藜。

拔断蒺藜肠月中，怆欲悲。（月通"肉"）

泪下渫渫（xiè），清涕累累。

冬无复襦，夏无单衣。

居生不乐，不如早去，下从地下黄泉。

春气动，草萌芽。

三月蚕桑，六月收瓜。

将是瓜车，来到还家，

瓜车反复，助我者少，啖（dàn）瓜者多。

愿还我蒂，兄与嫂严，

独且急归，当与校计。

乱曰：里中一何譊譊（náo），愿欲寄尺书，

将与地下父母，兄嫂难与久居。

【语译】

孤儿既降生人世，孤儿又遭逢这种身世，命就更苦了。

父母健在时，乘坐坚固的车，驾驭四匹马。

父母死了，兄嫂叫我四方经商。

南方到了九江，东方到了齐和鲁。

腊月时才回来，却不敢说一声苦。

头上满是虱子、虱卵，脸上都是灰尘。

大哥叫他去煮饭，大嫂叫他去喂马。

刚上了大厅，又急趋跑下厅堂，孤儿流泪如雨。

叫我一早去汲水，很晚才能提水回来。

手上的皮肤皴裂，脚下连双草鞋也没有。

悲伤地踏着冰霜，霜中有很多蒺藜。

拔断了刺在胫肉中的蒺藜，心中难过得快要哭出来。

眼泪潫潫不休，清涕累累不止。

冬天没有短袄，夏天缺件单衣。

活在世上没有乐趣，不如早早死去，跟着父母到地下黄泉。

春气萌动，草长出嫩芽。

三月养蚕采桑，六月收成瓜果。

推着这辆瓜车，来到回家的路上，

瓜车翻倒了，帮我拾瓜的人少，抢着吃瓜的人多。

请能还我瓜蒂，哥哥和嫂嫂很严厉，

即时赶紧回去，否则就会和我计较。

尾声：家中为什么如此喧哗叫骂，我想寄出一封家书，

托人带给地下的父母，哥哥嫂嫂实在难与久处。

【赏析】

《孤儿行》也叫《孤子生行》，或《放歌行》，据说是为孤儿鸣不平的意思。这是一首写孤儿被兄嫂虐待的诗，在汉代已是一个家庭问题与社会问题。这种问题之所以会产生，和汉代的家族制度与财产继承方式有很大的关系。在汉代家族制度中父亲为一

家之主，握全家的财产管理权，当父亲不幸逝世后，一家之主照例由长兄继承，于是年幼的孤儿自然毫无地位，而且还有被虐待的可能。因为孤儿在社会上是一个弱者，所以这种题材很能赚人眼泪，而且文字的表达上自然也能十分生动而讨好。

胡适之先生曾在其日记中抄录了一则他在 1921 年 7 月 30 日（星期日）的《益世报》上看到的歌谣，原文是：

蒲棍子车，（大车上搭席棚的，俗称蒲棍子。）

呱（读瓜）嗒嗒，

一摇鞭，到了家。

爹看见，抱包袱；

娘看见，抱娃娃。

哥哥看见瞅一瞅，

嫂子看见扭一扭。

不用你瞅，

不用你扭，

今天来了明天走。

爹死了，我念经；

娘死了，我唱戏！

哥哥死了，烧张纸，

嫂子死了，棺材上边抹狗矢！

而胡适之先生读后的感想是：

"这真是绝妙的民间文学，这种无名作者，尚不知《孤儿行》为何物，而他们的作品不但可上继《孤儿行》，并且远胜《孤儿行》。"

所谓"远胜《孤儿行》"，未必能为一般人所接受，但它却证明了孤儿被兄嫂虐待的问题，在文明社会中也依然存在，这也就是《孤儿行》之所以能流传至今的道理。

这首诗可以分成三段：

第一段从"孤儿生"到"下从地下黄泉"止，写孤儿被兄嫂虐待的情况。前两句的两个"生"字用法不同，"孤儿生"的"生"字是"降生"，"孤儿遇生"的"生"是"生活"。兄嫂虐待孤儿的做法有二：一是行贾，强迫孤儿从"九江"经商到"齐"和"鲁"。九江指九江郡。西汉时治在寿春，即今安徽省寿县寿春镇；东汉时治在陵阴，即今安徽省定远县西北。"齐"，西汉时为郡，治在临淄，即今山东省淄博市临淄区。"鲁"为汉县名，今山东省曲阜市。从安徽到山东的奔波，也无怪乎孤儿"头多虮虱，面目多尘"了。一是行役，其中工作包括煮饭、喂马以及在冰天雪地中出远门去汲水，以致孤儿"手为错，足下无菲"，"拔断蒺藜肠肉中"，"泪下渫渫"。所以顿生不如早早死去，到黄泉依赖母爱的念头。

第二段从"春气动"到"当与校计"止，写世态人情也是十分酷薄。当孤儿的瓜车翻覆时，竟是"助我者少，啖瓜者多"。

第三段为"乱曰"之后数句，"乱"是乐曲中的尾声，解说已见前。写孤儿在长期遭虐待下，内心已有神经质的恐惧。当他走近家中时，已听到阵阵的喧哗、叫骂声，不觉突发奇想，能否托人带封信给父母，"我实在不能跟兄嫂再久处下去了！"读至此，令人心酸泪下。

至于晋、宋（南朝）以及唐人的仿作《放歌行》，在内容上已经不是叙述孤儿之事，如宋鲍照的《放歌行》：

蓼虫避葵堇，习苦不言非。

小人自龌龊，安知旷士怀。

鸡鸣洛城里，禁门平旦开。

冠盖纵横至，车骑四方来。

素带曳长飙，华缨结远埃。

日中安能止，钟鸣犹未归。

夷世不可逢，贤君信爱才。

明虑自天断，不受外嫌猜。

一言分珪爵，片善辞草莱。

岂伊白璧赐，将起黄金台。

今君有何疾，临路独迟回。

旨意在讽规君王应爱护贤才，与"孤儿"一点也牵连不上了。

【原诗】

艳歌何尝行

飞来双白鹄，乃从西北来。

十十五五，罗列成行。（一解）

妻卒被病，行不能相随。

五里一反顾，六里一徘徊。（二解）

吾欲衔汝去，口噤不能开；

吾欲负汝去，毛羽何摧颓。（三解）

乐哉新相知，忧来生别离，

踌躇顾群侣，泪下不自知。（四解）

念与君离别，气结不能言，

各各重自爱，远道归还难。

妾当守空房，闭门下重关。

若生当相见，亡者会黄泉。

今日乐相乐，延年万岁期。

【语译】

飞来双双白鹄，它们来自西北，

十只结伴五双，罗列排成行。

雌鸟终于病倒，行动不能相随。

雄鸟五里一回顾，六里一徘徊。

我想衔着你飞去，只是喙已紧闭得不能张开，

我想背着你离去，可是羽毛竟已摧败落颓。

当初次相知时是多么快乐，要活生生地别离时又何其伤悲！

犹豫中顾视着成群的伴侣离去，眼泪落下时已浑然不自知。

想到就要与你分离，使我忧郁得不能言语，

每个人都应珍重爱惜，出远门后能回来并不容易。

妾会守待着空房，闭上大门锁下重重门关。

如果活着一定会相见，死了也会在黄泉见面。

且珍惜今天相聚的欢乐，定下万年后的约期。

【赏析】

《艳歌何尝行》又叫《飞鹄行》，最早见于《宋书·乐志》，题为《大曲白鹄何尝古词》。据《乐志》注：本篇正文为四解，曲前有"艳"，"念与"以下为"趋"。此诗分成两部分，前四解为一部分，是作者利用一对雌鸟生病，雄鸟又体弱的白鹄（天鹅）来刻画出离乱中夫妇感情的真挚与相爱。作者描写的成功之处，在于他把白鹄完全拟人化了，读之使人容易领悟和感动。

这一群从西北方远道而来的白鹄，曾在恶劣的天候中搏斗而铩羽折肢，遍体鳞伤，就像一群群战乱中离乡背井逃难的百姓，

他们自顾尚且不暇，避祸犹恐不及，谁又肯为这一对不幸的夫妇投下更多的关注。

所以在患难中，只有夫妇的感情最真，他们曾有过一段心灵相契，血肉相融的快乐日子，又岂能在面临生死别离时刻，相互背弃呢！因为求生是生物本能的欲望。当雄鹄看着群群的白鹄离自己远去时，也带走了他们生存的寄望，当然会流下伤痛的泪水。然而与其说那是伤痛，毋宁说那泪水更代表了他与爱人决定长相厮守时的一份喜悦吧！

这段诗中"十十五五，罗列成行"，一本作"十十将五五，罗列行不齐"，则意思正好相反。又"妻卒被病"二句作"忽然卒疲病，不能飞相随"，意思倒仍旧是相同的。

其中"乐哉新相知，忧来生别离"两句与《楚辞·九歌·少司命》"悲莫悲兮生别离，乐莫乐兮新相知"的用法相似，其中"哉""来"二字就相当于"兮"，是句中语气词。

此诗的"念与"以下为一部分，它是以人类为主体，而非以鸟比兴，所以用"君""妾"作称代词，与前段用白鹄的完全不同，这样的两段诗要凑合在一起成为一首完整的诗实在不类。而且在《全汉三国晋南北朝诗》中就没有这一段，所以这很可能是后人在读《艳歌何尝行》后，假借妻子的口吻作答的。

这一段诗是叙述妻子对出远门的丈夫所说的许多关切与安慰的话语，感情远不如前部分的朴素与真挚。虽然她也说了"若生当相见，亡者会黄泉"的誓约，但这种出之于口的誓言，又怎能与这双白鹄的行动相伦比呢？尤其诗中"妾当守空房，闭门下重关"二句，思想更是庸俗、拙劣，因而后半部分，想必是浅人所加。

又"今日乐相乐，延年万岁期"二句，有人以为是乐工添加，对听众的说白，所以和全文的意义不相关涉，这原是乐府诗中习见的现象。

《乐府诗集》中，引了一首宋（南朝）吴迈远的仿作《飞来双白鹄》，可谓深能体会"白鹄"的心情，现抄录于下：

可怜双白鹄，双双绝尘氛。

连翩弄光景，交颈游青云。

逢罗复逢缴，雌雄一旦分。

哀声流海曲，孤叫去江濆（fén）。

岂不慕前侣，为尔不及群。

步步一零泪，千里犹待君。

乐哉新相知，悲来生别离。

持此百年命，共逐寸阴移。

譬如空山草，零落心自知。

【原诗】

艳歌行

翩翩堂前燕，冬藏夏来见。

兄弟两三人，流宕在他县。

140

故衣谁当补，新衣谁当绽？

赖得贤主人，览取为吾绽（zhàn）。

夫婿从门来，斜柯西北眄，

语卿且勿眄，水清石自见。

石见何累累，远行不如归。

【语译】

翩然在堂前飞翔的燕子，冬天躲藏夏天时出来相见。

兄弟两三人，流荡在外乡他县。

旧衣服请谁来补，新衣服叫谁来缝？

依靠到一位贤主人，拿起来替我裁补。

夫婿刚从门外进来，斜倚着西北角的枝杈观看。

我告诉你且不必观看，水澄清时石子自然显现。

看见水中石子累累，远行不如早归。

【赏析】

《古今乐录》说：《艳歌行》不止一种，有《艳歌罗敷行》《艳歌何尝行》《艳歌双鸿行》《艳歌福钟行》等，都叫"艳歌"。不过直称"艳歌"的就是指《艳歌行》。这首诗借燕子起兴，叙述燕子尚且能冬藏夏来，而兄弟反而流荡在他县。当主妇为他缝补衣服时，被其夫婿窥见，于是萌生疑心。

此诗可分成三段。第一段是前四句，其中"翩翩堂前燕，冬藏夏来见"是起兴，燕子虽然是飞禽，它尚且知道冬藏夏见来适应环境，维系生存，人是万物之灵，反而不懂营生之道，以致兄弟两三人都流荡在他县。

第二段六到八句，写兄弟落魄在他乡后，贫穷潦倒，连衣服破了也没人补，难得遇上一位贤主人，能替他绽补衣服。诗中的"贤主人"就是他流落在他乡居处的主妇。

第三段，从九句到结束，写主妇在缝补衣服时，她的夫婿正好从外归来，看到此种情景，对她产生疑心。所以末四句是女子为表白心境的誓词，"卿"即指"夫婿"，她劝丈夫不必疑心窥视，当河水澄清时，石子自然能显现，当清晰地看到河中累累的石子时，一切猜疑都应当烟消云散，于是谁又肯远行不归呢？

这首诗也有规劝游子早归的意思。

【原诗】

白头吟

皑如山上雪，皎若云间月。

闻君有两意，故来相决绝。

今日斗酒会，明旦沟水头。

蹀（xiè）躞（dié）御沟上，沟水东西流。

凄凄复凄凄，嫁娶不须啼。

愿得一心人，白头不相离。

竹竿何袅袅，鱼尾何簁簁（xǐ）。

男儿重义气，何用钱刀为！

【语译】

洁白得有如山上瑞雪，明亮得有似云间皓月。

听说你有了三心二意，所以来和你永远断绝。

今天且把斗酒聚会，明朝就各在沟水一头，

我徘徊在御沟之上，过去的一切随着沟水东流。

悲凄又再悲凄，既嫁了人就不要哭哭啼啼。

但愿嫁个专情的人，白头偕老永不分离。

鱼竿多么的柔长，鱼尾何其湿润。

男儿注重意气，何必借用钱币。

【赏析】

《乐府诗集》将这首诗收在相和歌辞之楚调曲。据《古今乐录》说："王僧虔《技录》：楚调曲有《白头吟行》《泰山吟行》《梁甫吟行》《东武琵琶吟行》《怨诗行》。其器有笙、笛弄、节、琴、筝、琵琶、瑟七种。"

《乐府诗集》录《白头吟》两首，此选本辞，另一首为"晋乐所奏"之古辞，共五解，文字与本辞稍异，今抄录于下以供参考：

皑如山上雪，皎若云间月。

闻君有两意，故来相决绝。（一解）

平生共城中，何尝斗酒会。

今日永酒会，明旦沟水头。

蹀躞御沟上，沟水东西流。（二解）

郭东亦有樵，郭西亦有樵，

两樵相推与，无亲为谁骄？（三解）

凄凄重凄凄，嫁娶亦不啼。

愿得一心人，白头不相离。（四解）

竹竿何袅袅，鱼尾何簁簁，

男儿欲相知，何用钱刀为！

蹠如（如字下或有五字）马噉（dàn）其，川上高士嬉。

今日相对乐，筵年万岁期。（五解）

据《西京杂记》说："司马相如将聘茂陵人女为妾，卓文君作《白头吟》以自绝，相如乃止。"显然卓文君也写过《白头吟》，但是否即此篇，实难论定。按《晋书·乐志》说："凡乐章古辞，今之存者，并汉世街陌谣讴，《江南可采莲》《乌生十五子》《白头吟》之属是也。"所以《白头吟》应是民间的歌谣为是。

就内容看，这是一首女子向用情不专的男子表示决绝的诗，全诗可以分成四段：

第一段从"皑如山上雪"到"故来相决绝"。前两句是一篇的起兴，说男女的爱情本应像"山上的瑞雪般洁净，云间明月般皓白"。同时这"白雪""明月"也代表了两人过去的旦旦誓言，如今男子却有了他心，于是女子断然和他绝交。

第二段从"今日斗酒会"到"沟水东西流"，写人生的欢聚离散竟如此的无常。就像今天的一场斗酒欢聚，而明朝已各在城外沟渠的一方，纵使你对往昔的一段岁月如何牵肠挂肚，苦苦难忘，然而毕竟一切都要消逝，随着沟水东流。

第三段从"凄凄复凄凄"到"白头不相离"，写女子在分离后的心境。她在满怀悲凄，不断哭泣后，感悟到悲伤是没有用的，在婚姻关系破裂后，女子往往总是受害者，所以女子在终身大事的处理上，唯有选择一位用情专一的男子，才是终生幸福的依靠。

第四段从"竹竿何袅袅"到"何用钱刀为"止，写男女婚姻生活的幸福基础所在。作者用"钓竿"来象征男女求偶，即如《诗经·卫风·竹竿》："籊（tì）籊竹竿，以钓于淇，岂不尔思，远莫致之。"《毛传》："钓以得鱼，如妇人待礼以成为室家。""袅袅"是形容竹竿的柔长，"簁簁"是形容鱼尾的湿润，男女情爱相投时，正如用钓竿钓鱼一样，鱼竿是那么柔长，鱼尾是那么新鲜活泼。而且诗中一语双关，也在讽喻男子对女子应该用情专一，不可贪图财富，否则无异用钓竿诱鱼上钩。诗中"钱刀"即钱币，古代钱币有作刀形的，称之为刀币。

唐人刘希夷也有一首仿作《白头吟》，歌词是：

洛阳城东桃李花，飞来飞去落谁家？

洛阳女儿惜颜色，行逢落花长叹息。

今年花落颜色改，明年花开复谁在？

已见松柏摧为薪，更闻桑田变成海。

古人无复洛城东，今人还对落花风。

年年岁岁花相似，岁岁年年人不同。

寄言全盛红颜子，须怜半死白头翁。

此翁白头真可怜，伊昔红颜美少年。

公子王孙芳树下，清歌妙舞落花前，

光禄池台丈锦绣，将军楼阁画神仙。

一朝卧病无人识，三春行乐在谁边？

宛转蛾眉能几时，须臾白发乱如丝。

但看旧来歌舞地，唯有黄昏鸟雀悲。

据唐韦绚《刘宾客嘉话录》说：刘希夷诗中的"年年岁岁花相似，岁岁年年人不同"两句，他的舅舅宋之问甚为喜爱，就向刘希夷要这两句以为己有，希夷不肯，于是宋之问大怒，用土袋压杀希夷。(见《说郛》卷二一引)

又刘肃《大唐新语》也说：唐刘希夷一名庭芝，汝州人，少有文华，好为宫体诗，文辞旨意悲苦，不被当时人所重视。他善于弹琵琶，曾为白头翁咏，有"今年花落颜色改，明年花开复谁在"之句。诗成又后悔说："我这两句是诗谶，和石崇'白首同所

146

归'有何差异？"于是改作一联"年年岁岁花相似，岁岁年年人不同"。接着又叹息说："这句还是像诗谶！难道果真生死由命？"于是两联都保存了下来。诗成不久，果然被奸人所杀。有人说：杀他的就是宋之问。（见《太平广记》卷一四三引）

宋之问人品虽不甚佳，但为了掠夺诗句而杀人，恐怕不至于此。从以上两则记事，倒可以得知，刘希夷的《白头吟》在当时必是相当流行的。

后来，李白也有《白头吟》之作，白居易更有《反白头吟》，元稹更引诗中"故来相决绝"句中末二字，以为《决绝词》三首，都是受古辞《白头吟》一诗影响而来。

【原诗】

梁甫吟

步出齐城门，遥望荡阴里。

里中有三墓，累累正相似。

问是谁家墓，田彊、古冶子。（彊通"强"）

力能排南山，文能绝地纪。

一朝被谗言，二桃杀三士。

谁能为此谋？国相齐晏子。

【语译】

步出了齐都临淄的城门，远望荡阴里。

里中有三座坟墓，累积起伏的墓丘十分相似。

询问是谁家的丘墓？说是田彊和古冶子。

他们的臂力可以推倒南山，文才可以包罗天纲地纪。

一旦遭到谗言，用两个桃子就杀了三位勇士。

谁能想出此种计谋？齐国的国相晏子。

【赏析】

此诗旧题为三国时蜀诸葛亮作，然《乐府诗集》已引《陈武别传》说："武帝骑驴牧羊，诸家牧竖十数人，或有知歌谣者，武遂学《泰山梁甫吟》《幽州马客吟》及《行路难》之属。"又引《蜀志》说："诸葛亮好为《梁甫吟》。"以为《梁甫吟》之作不起于诸葛亮至为明显。又有李勉《琴说》认为，《梁甫吟》为曾子所作。而近人陆侃如驳之以为"古辞存前人多以此篇为诸葛亮作，盖误。《琴操》以为曾子作也非。曾子思父母而作《梁山歌》，与此篇意义及标题均异，不能合而为一"。

郭茂倩说："梁甫山名，在泰山下。《梁甫吟》盖言人死葬此山，亦葬歌也。又有《泰山梁甫吟》与此颇同。"又吴兢《乐府古题要解》："《泰山吟》，言人死精魄归于泰山，亦《薤露》《蒿里》之类也。"所以《梁甫吟》和《泰山吟》都是流传在民间的葬歌。而诗中引述的"二桃杀三士"故事，出于《晏子春秋·谏下篇》：

"公孙接、田开彊、古冶子事景公，以勇力搏虎闻。晏子过而趋，三子者不起。晏子入见公，曰：'臣闻明君之蓄勇力之士

148

也，上有君臣之义，下有长率之伦，内可以禁暴，外可以威敌。上利其功，下服其勇。故导其位，重其禄。今君之蓄勇力之士也，上无君臣之义，下无长率之论；内不以禁暴，外不以威敌，此危国之器也，不若去之。'公曰：'三子者搏之恐不得，刺之恐不中也。'晏子曰：'此皆力攻勍敌之人也，无长幼之礼。'因请公使人少馈之二桃，曰：'三子何不计功而食桃？'公孙接仰天而叹曰：'晏子智人也，夫使公之计吾功者，不受桃是无勇也。士众而桃寡，何不计功而食桃矣。接一搏特猏，而再搏乳虎，若接之功，可以食桃而无与人同矣！'援桃而起。田开彊曰：'吾仗兵而却三军者再，若开彊之功，亦可以食桃而无与人同矣！'援桃而起。古冶子曰：'吾尝从君济于河，鼋衔左骖以入砥柱之中流。当是时也，冶少，不能游，潜行逆流百步，顺流九里，得鼋而杀之。左操骖尾，右絜鼋头，鹤跃而出。津人皆曰：河伯也。若冶视之，则大鼋之首。若冶之功，亦可以食桃而无与人同矣！二子何不反桃？'抽剑而起。公孙接、田开彊曰：'吾勇不子若，功不子逮，取桃不让是贪也；然而不死，无勇也。'皆反其桃，絜领而死。古冶子曰：'二子死之，独冶生之，不仁；耻以人言，而夸其声，不义；恨乎所行，不死，无勇。虽然，二子同桃而节，冶专其桃而宜。'亦反其桃，絜领而死。使者复曰：'已死矣。'公殓之以服，丧之以士礼焉。"

所以，这首《梁甫吟》是悼念三勇士的咏史诗，后来遂流传为一般的葬歌。

诗中"荡阴里"在临淄的东南,《水经·淄水注》:"淄水又东北,径荡阴里西,水东有冢,一基三坟,东西八十步,是烈士公孙接、田开疆、古冶子之坟也。"

"南山"是指齐国境内的牛山,位于齐都之南,也名齐南山。或说南山是泛指,非专名也通。

唐人李白也写了一首《梁甫吟》,附录于下:

长啸梁甫吟,何时见阳春?
君不见朝歌屠叟辞棘津,八十西来钓渭滨。
宁羞白发照渌水,逢时吐气思经纶。
广张三千六百钓,风雅暗与文王亲。
大贤虎变愚不测,当年颇似寻常人。
君不见高阳酒徒起草中,长揖山东隆准公。
入门不拜骋雄辩,两女辍洗来趋风。
东下齐城七十二,指麾楚汉如旋蓬。
狂生落拓尚如此,何况壮士当群雄。
我欲攀龙见明主,雷公砰訇震天鼓,帝旁投壶多玉女。
三时大笑开电光,倏烁晦莫起风雨。
阊阖九门不可通,以额叩关阍者怒。
白日不照吾精诚,杞国无事忧天倾。
猰貐(yà yǔ)磨牙竞人肉,驺虞不折生草茎。
手接飞猱搏雕虎,侧足焦原未言苦。

智者可卷愚者豪，世人见我轻鸿毛。

力排南山三壮士，齐相杀之费二桃。

吴楚弄兵无剧孟，亚夫咍尔为徒劳。

梁甫吟，梁甫吟，声正悲。

张公两龙剑，神物合有时。

风云感会起屠钓，大人臲卼（niè wù）当安之。

【原诗】

怨诗行

天德悠且长，人命一何促。

百年未几时，奄若风吹烛。

嘉宾难再遇，人命不可续。

齐度游四方，各系太山录。

人间乐未央，忽然归东岳。

当须荡中情，游心恣所欲。

【语译】

天道悠久而且长远，人的生命竟如此短促。

百年的寿命不需几时，短暂得像风吹熄火烛。

可贵的朋友难得再见，人的生命本不可延续。

一同度越尘世遨游四方，每人都系名在泰山录。

人世间的欢乐尚未终止，魂魄忽然永归东岳地府。

人生本应涤荡心情，放开胸怀纵情恣欲。

【赏析】

《琴操》说："卞和得玉璞以献楚怀王，王使乐正子治之，曰：'非玉。'刖其右足。平王立，复献之，又以为欺，刖其左足。平王死，子立，复献之，乃抱玉而哭，继之以血，荆山为之崩。王使剖之，果有宝。乃封和为陵阳侯。辞不受而作怨歌焉。"据说这就是《怨诗行》的由来。但是看全首诗中并没有提到献玉不被赏识的话，而只是一味地悲叹人生的短促，内容近似《薤露》《蒿里》等挽歌。如诗中所提"太山录""东岳"都是指泰山。乐府诗中有《泰山吟》（见《乐府诗集》卷四十一）。《乐府解题》说："《泰山吟》，言人死精魄归于泰山，亦《薤露》《蒿里》之类也。"

魏时曹植有两首仿作，前一首"晋乐所奏"，今录后一首"本辞"（见《乐府诗集》卷四十一）：

明月照高楼，流光正徘徊。

上有愁思妇，悲叹有余哀，

借问叹者谁？言是客子妻。

君行逾十年，孤妾常独栖。

君若清路尘，妾若浊水泥。

浮沉各异势，会合何时谐？

原为西南风，长逝入君怀。

君怀时不开，妾心当何依？

内容变成了思妇感叹身世的诗了，已经是别有寄托，诗中"言是客子妻"之"客"字也作"宕"，"宕"字同"荡"，意义上比"客"为重。

【原诗】

怨歌行

新裂齐纨素，鲜洁如霜雪。

裁为合欢扇，团团似明月。

出入君怀袖，动摇微风发。

常恐秋节至，凉飙夺炎热。

弃捐箧（qiè）笥（sì）中，恩情中道绝。

【语译】

刚刚裁剪的齐地那素白的丝，鲜明皎洁得有如霜雪。

把它裁制成合欢扇，圆圆的有如明月。

出入时常伴在你的身边，摇动时微风散发。

时常恐惧着秋天的到来，凉风驱走了炎热。

扇子被捐弃在箱子中，恩情从此也就断绝。

【赏析】

《乐府诗集》收录《怨歌行》在相和歌辞之楚调曲中，列于《怨诗行》之后，所以有人把二者合而为一。《玉台新咏》录此首，前有序说："昔汉成帝班婕妤失宠，供养于长信宫，乃作赋自伤，并为怨诗一首。"而《文选》李善注则说："《歌录》曰：'《怨歌行》，古辞。'然言古者有此曲，而班婕妤拟之。"于是《怨歌行》之是否为班婕妤所作，可能有两种情形：第一，本篇为古辞，班婕妤另有拟作；第二，本篇即为班婕妤作，原有古辞失传。不过据《汉书·外戚班婕妤传》，说班被赵飞燕所谮，失宠居长信宫，作赋自伤，并无"作怨诗一首"之说。而且《汉书》录了班赋全文，如有怨诗，也当并载，所以近人大多主张本篇为古乐府，而非班婕妤所作。但这首诗是以秋扇见捐来比喻女子的被弃，与班婕妤失宠的身世有一些相近，所以六朝人就比附它是班婕妤自伤之作了。

诗中"鲜洁如霜雪"是双关语，一则描写新裁剪的齐国纨素的精美洁白，一则也在比喻女子皎洁优美的品性。"合欢"是一种对称的图案花纹，用来象征和合欢乐的意思。如古诗"文彩双鸳鸯，裁为合欢被"，《羽林郎》有"广袖合欢襦"等。这里的"合欢扇"是指绘有合欢图案的双面团扇。"出入君怀袖，动摇微风发"是比喻女子受到男子恩爱时的情况。以下四句则是比喻女子已经失去宠幸，被捐弃。"箧""笥"都是盛放衣物的竹箱，箧是长方形的，笥是方形的。（见《仪礼》《礼记》的郑玄注）

钟嵘在《诗品》中评此诗说:"团扇短章,辞旨清捷,怨深文绮,得匹妇之致。"应是相当正确的。

后来魏曹植、梁简文帝以及唐李白等都有相当不错的仿作。今录简文帝一首于下:

十五颇有余,日照杏梁初。

蛾眉本多嫉,掩鼻特成虚。

特此倾城貌,翻为不肖躯。

秋风吹海水,寒霜依玉除。

月光临户驶,荷花依浪舒。

望檐悲双翼,窥沼泣王余。

苔生履处没,草合行人疏。

裂纨伤不尽,归骨恨难袪。

早知长信别,不避后园舆。

就诗意看,简文帝是相信班婕妤作《怨歌行》的,这种想法也是六朝人一般的看法。

【原诗】

满歌行

为乐未几时,遭世险巇(xī)。

逢此百罹,零丁荼毒,

愁懑难支。遥望辰极，
天晓月移。忧来填心，
谁当我知。（一解）

戚戚多思虑，耿耿不宁。
祸福无形，唯念古人，
逊位躬耕。遂我所愿，
以兹自宁。自鄙山栖，
守此一荣。（二解）

暮秋烈风起，西蹈沧海。
心不能安。揽衣起瞻夜，
北斗阑干。星汉照我，
去去自无他。奉事二亲，
劳心可言。（三解）

穷达天所为，智者不愁，
多为少忧。安贫乐正道，
师彼庄周。遗名者贵，
子熙同蠰。往昔二贤，
名垂千秋。（四解）

饮酒歌舞，不乐何须。

善哉照观日月，日月驰驱，

轗（kǎn）轲世间。何有何无，

贪财惜费，此一何愚。

命如凿石见火，居世竟能几时？

但当欢乐自娱，尽心极所嬉怡。

安善养君德行，百年保此期颐。（饮酒上为趋）

【语译】

欢乐的日子没过多久，就遭到险逆。

碰上了各种灾难，孤苦伶仃受尽苦毒，

忧愁愤懑难以排遣。遥望远方的星辰，

天已破晓月正西移，袭来的忧愁填满心胸，

谁又能真正了解我！

忧戚的思虑繁多，内心耿耿然不得安宁。

祸福并没有一定的诠释，只要常记着古人的明训。

离开职位亲事耕作，以达成我心中所愿，

借此以自求安宁，身处在山林朴野，

坚守着心中的一丝向荣意志。

暮秋时烈风刮起，向西方到了沧海，

心中汹涌而不能平息。披上外衣去瞻望夜空，

北斗七星纵横天际，天河照耀着我。

此去并无其他牵挂，能够奉侍双亲，

这份劳心应是可以言喻。

困穷和显达是上天所支配，智慧的人不为此担忧，

多做事少忧虑，安于困穷乐守正道，

效法庄周。能忘掉了名的人才是至贵，

能和子熙相携遨游。往昔这二位贤者，声名永垂千秋。

纵情饮酒歌舞，不去作乐还等待何时。

妙极了，能从日月中去观照自我，日月不停地驰驱，

世间坎坷崎岖。什么是有什么是无，

贪得钱财爱惜光阴，都是一样的愚昧。

生命就像石头相击时迸出的火光，人活在世上究竟能多久？

只要欢乐自娱，尽心满足自己的喜悦。

安定精神善养你的德行，自能保有百年的寿期。

【赏析】

　　《乐府诗集》将这一首收在相和歌辞的大曲之中。《宋书·乐志》说："大曲十五曲，一曰《东门》，二曰《西山》，三曰《罗敷》，四曰《西门》，五曰《默默》，六曰《园桃》，七曰《白鹄》，

八曰《碣石》，九曰《何尝》，十曰《置酒》，十一曰《为乐》，十二曰《夏门》，十三曰《王者布大化》，十四曰《洛阳令》，十五曰《白头吟》。"其中十一《为乐》即《满歌行》。

《乐府正义》说："满歌，懑歌也，胸怀愤懑因而作歌。本辞云'零丁荼毒，愁懑难支'以此为懑歌也。"《乐府诗集》卷四十三收《满歌行》二首，本篇所撰为"晋乐所奏"之古辞，分四解，有趋，与本辞之文字稍有差异。《乐府解题》把它分成三部分，说："古辞云：'为乐未几时，遭时崄巇。'其始言逢此百罹，零丁荼毒，古人逊位躬耕，遂我所愿。次言穷达天命，智者不忧。庄周遗名，名垂千载。终言命如凿石见火，宜自娱以颐养，保此百年也。"都利用古辞中原文以释段落大意，而实际如何分段，仍然十分暧昧难明。今依古辞四解一趋分成五段：

第一段，写自己生不逢时，遭遇到各种祸患，只得望天无助，忧懑填胸，天下竟没人能体察他的困境。诗中"遥望辰极，天晓月移"不仅写时辰的换移，也兼写作者无助的心态。"极"指北极，辰为日月所会。

第二段，写作者在长久的忧戚后，感悟到祸福的无定型常则，只有效法古人，逊位躬耕，才能达成自己的愿望。历史上逊位的是尧、舜。躬耕的是禹、稷。只有他们能忘却权位，甘于朴拙而守住心灵上的一线生意。

第三段写暮秋烈风初起时，本想就此离去。只因为对侍奉双亲的责任未了，所以夜不能寐，揽衣视夜空而长思。

第四段写穷达仍依于天命,智者不以此为忧。应师事庄周、子熙的遗名,自能名垂千秋。"子熙",本辞中作"子遐"未详。

第五段写人的生命像凿石见火般地短暂,应及时行乐,饮酒歌舞,才能保有百年的寿命。

清商曲辞

　　《乐府诗集》说：清商乐，一称"清乐"，是九代的遗声。它的原始即相和歌中的清、平、瑟三调，并汉魏以来旧曲。它的歌辞都为古辞及魏三祖所作。自晋朝播迁，乐音分散，当苻坚灭凉后得之，传于前后二秦。到宋武定关中，因而进入南方，不再复存内地。自此以后，南朝文物号为最盛，民谣国俗，也世有新声。后魏孝文帝讨淮汉，宣武定寿春，收集当地声伎，得江左所传中原旧曲，有《明君》《圣主》《公莫》《白鸠》之属，以及江南吴歌、荆楚西声，总谓之清商乐。后遭梁、陈亡乱，存者已经很少。及隋平陈得之，文帝善其节奏，是微加损益，去其哀怨，考正补充，以新定律吕，更造乐器，而于太常置清商署以管辖，叫"清乐"。隋文帝开皇初，始置七部乐，清商伎即其一。大业中，炀帝乃定清乐、西凉等为九部。隋室丧乱，日益沦缺。到唐贞观中，用十部乐，清商乐也在其中。唐武后长安以后，朝廷不重古曲，工伎浸缺，从此乐章讹失，与吴音愈远，开元以后，其歌遂缺。

　　按《乐府诗集·清商曲辞》中所录者，皆属南朝新歌，把部分曲辞已混入相和歌内。而本文选诗顺序悉依《乐府诗集》，所以本章所录，大抵皆南朝新歌。

吴声歌曲

《晋书·乐志》说："吴歌杂曲，并出江南。东晋以来，稍有增广。其始皆徒歌，既而被之管弦。盖自永嘉渡江之后，下及梁、陈，咸都建业，吴声歌曲起于此也。"

【原诗】

子夜歌（四十二首选七）

宿昔不梳头，丝发披两肩。

婉伸郎膝上，何处不可怜。（婉通腕）

自君别欢来，奁（lián）器了不开。

头乱不敢理，粉拂生黄衣。

始欲识郎时，两心望如一，

理丝入残机，何悟不成匹。

高山种芙蓉，复经黄檗（bò）坞，

果得一莲时，流离婴辛苦。

夜长不得眠，明月何灼灼，

想闻散唤声，虚应空中诺。

侬作北辰星，千年无转移，

欢行白日心，朝东暮还西。

怜欢好情怀，移居作乡里。

桐树生门前，出入见梧子。

【语译】

入夜时也不梳头，丝丝的秀发披在两肩。

臂腕斜倚在郎君的膝上，无一处不叫人爱怜。

自从郎君离别以来，妆奁从未打开，

头发乱了不敢梳理，衣服上可以拂起黄泥。

刚想结识郎君时候，盼望两人能心意如一，

理好的丝放进残破的织机上，怎能知道是织不成布匹。

高山上种植荷花，又经过长满黄檗的花坞，

果真能摘得一把莲子，已辗转历经了辛苦。

长夜中不能安眠，明月的强光灼灼耀眼，

想象中听到了声声的呼唤，只好虚对空中应诺。

我化作北极辰星，千年中永不转移，

你的行为却像白日，早晨在东方暮时移到了西极。

爱你对我有好情怀，搬家到你的乡里，

桐树生长在大门前，出入时都见到梧桐子。

【赏析】

《唐书·乐志》说："《子夜歌》者，晋曲也。晋有女子名子夜，造此声，声过哀苦。"《宋书·乐志》说："晋孝武太元（376 — 396）中，琅琊王轲之家有鬼歌《子夜》。殷允为豫章，豫章侨人庾僧虔家亦有鬼歌《子夜》。"

按："鬼歌《子夜》"之事，当是传闻不可信，恐怕借此以形容《子夜歌》之乐声哀苦而已。至于殷允为豫章也是在太元中，则《子夜歌》必在此时之前已流传。《大子夜歌》说："歌谣数百种，《子夜》最可怜。慷慨吐清音，明转出天然。"可见《子夜歌》

是相当流行的。《乐府解题》说："后人更为四时行乐之词，谓之《子夜四时歌》。又有《大子夜歌》《子夜警歌》《子夜变歌》，皆曲之变也。"

《乐府诗集》中收晋宋齐辞《子夜歌》四十二首，此处只选七首。

第一首写女子的柔媚多情，其中"婉"当做"腕"，"可怜"是可爱的、惹人怜爱的意思。

第二首写郎君离别后，女子的失意情态，其中"奁器"是指女子的镜匣。《说文通训定声》："凡盛物小器皆谓之奁。""黄衣"谓尘埃。

第三首写女子初识郎君时，心中盼望能同心一意，就像理好的丝安放进织机，总以为它一定能织成布匹，其中"匹"是双关语，除了布匹之意外，也有匹偶的意思。

第四首，借种植花朵，采撷莲子的辛苦，以比喻男女间博得对方欢心的不易。其中"芙蓉"就是荷花，《九歌·湘君》有"搴芙蓉兮木末"句，荷花本应长在水中，如今却在木梢上去采撷，以象征劳而无所得。而今诗中"高山种芙蓉"也有此意。又"黄檗"是一种落叶乔木，其实与皮都可入药，味极苦。《子夜歌》中有"自从别郎来，何日不咨嗟，黄檗郁成林，当奈苦心多"。就是用"黄檗"以象征苦心，而"莲"又谐"怜"，有怜爱之意，"婴"是遭的意思。

第五首写男女思念而不得相聚时的无奈。明明是长夜中自己不能成眠，却埋怨起月光太强烈，想象中听到了几声轻唤，却只好对着虚空应诺。这种埋怨和无意义的举动，都是出于无奈的心理作用。

第六首写男女感情的坚贞和轻忽的对比。北极星恒现于北方，是千年也不会转移的，以喻自己的坚贞，而太阳虽然是恒星，却早晨出于东方，傍晚来到西边，对北极星而言，反觉得有变易，以比喻对方的变心。诗中"欢"指爱人而言。

第七首写女子对爱人的思念与盼望朝夕相见的心情。"桐树生门前，出入见梧子"中"梧"谐"吾"，指女子的爱人而言。

此处所选的七首，都是表达男女情思的诗歌。民歌中不但感情的表现生动活泼，而其特色是善于运用双关语。例如第三首的"理丝入残机"中的"丝"谐"情思"的"思"，"何悟不成匹"的"匹"谐"匹偶"的"匹"。第四首中"果得一莲时"的"莲"谐"怜爱"的"怜"，所以它往往使诗中的含义更为宽阔，使"理丝入残机，何悟不成匹"就多了一层"所托非人"的悲哀，既把情思错钟在残机（不健全的心态）之上，又怎能盼望有两相匹合的结局呢？第四首的"莲"谐"怜"使诗意更为明显。

再者，吴歌是流行在吴地的民歌，它不但运用了吴地的词汇（如第六首的"侬"即是吴人自称"我"的意思），更流露出吴人男女在感情上的特有气质。女子皆温柔而多情善感，至于男子就不免显得有些薄幸了。

【原诗】

子夜四时歌

春歌（二十首选三）

春风动春心，流目瞩山林。
山林多奇采，阳鸟吐清音。

春林花多媚，春鸟意多哀。
春风复多情，吹我罗裳开。

自从别欢后，叹音不绝响。
黄檗向春生，苦心随日长。

夏歌（二十首选三）

田蚕事已毕，思妇犹苦身。
当暑理絺（chī）服，持寄与行人。

昔别春风起，今还夏云浮。
路遥日月促，非是我淹留。

春倾桑叶尽，夏开蚕务毕。
昼夜理机丝，知欲早成匹。

秋歌（十八首选三）

白露朝夕生，秋风凄长夜。
忆郎须寒服，乘月捣白素。

秋风入窗里，罗帐起飘扬。
仰头看明月，寄情千里光。

别在三阳初，望还九秋暮。
恶见东流水，终年不西顾。

冬歌（十七首选三）

渊冰厚三尺，素雪覆千里。
我心如松柏，君情复何似？

寒鸟依高树，枯林鸣悲风。
为欢憔悴尽，那得好颜容？

白雪停阴冈，丹华耀阳林，
何必丝与竹，山水有清音。

【语译】

春歌

春风吹动了春游的心情，举目顾视四处的山林，
山林中映照出多样的奇彩，春鸟倾吐出清脆的乐音。

春天林中的花特别明媚，春鸟的啼声格外可爱，
春风更是多情，吹开了我的罗裳衣襟。

自从离别爱人以后，悲叹的声音不断，
黄蘖向着春阳滋生，苦心随着日子增长。

夏歌

田中的蚕事已经结束，忧思的妇人还深感凄苦。
趁着暑夏时料理葛衣，拿去寄给远行的丈夫。

当时分手在春风初起，如今还乡时已夏云飘浮，
路途遥远而时光短促，并非我迟滞留住。

春天过了桑叶已落尽，夏天来了蚕事已忙毕，
昼夜不停地梳理机上的蚕丝，盼能早日织成绢匹。

秋歌

白露在早晚时下降，秋风在长夜中凄怆，
想起郎君必须加衣御寒，乘着月色捣练白布。

秋风吹进了窗棂，罗帐轻轻地扬起，
抬头看着皎洁的明月，把情意随月光遥寄千里。

离别在阳春三月，盼望归来已届九月秋暮。
可恨的东逝流水，终年也不肯西向回顾。

冬歌

深渊中的冰冻已经三尺，白雪覆盖了千里，
我的心意坚贞有如松柏，你的情意不知像什么？

畏寒的小鸟紧依着高树，枯朽的林木中刮起悲风，
为了爱人而极尽憔悴，哪能有好的颜容？

白雪覆盖着北边的山冈，红花闪耀在南方的丛林，
何必一定要丝弦和管竹，山水中自然有清脆的声音。

【赏析】

《子夜四时歌》是《子夜歌》的变曲,《乐府古题要解》说:"后人依四时行乐之词,谓之《子夜四时歌》。"

《文心雕龙·物色》篇说:"春秋代序,阴阳惨舒,物色之动,心亦摇焉。盖阳气萌而玄驹步,阴律凝而丹鸟羞,微虫犹或入感,四时之动物深矣……岁有其物,物有其容,情以物迁,辞以情发,一叶且或迎意,虫声有足引心,况清风与明月同夜,白日与春林共朝哉。是以诗人感物,联类不穷……"可见物类,时序对诗人情绪的影响以及取材是相当大的。而《子夜四时歌》就是诗人写出了春、夏、秋、冬四时中不同的苦与乐。

《乐府诗集》中收录"晋宋齐辞"之《子夜四时歌》共七十五首,而本文仅各录三首。春歌第一首写春天初临时的景象,作者描写的层次是,从意念(春风动春心)推展到视觉(流目瞩山林),再拓展视野,写出春天的景象(山林多奇采,阳鸟吐清音)。第二首作者赋予自然界的物体一份代表春天的情感,花的多媚、鸟的多哀和风的多情,于是就有别于其他季节,再用"吹我罗裳开"写出了春天的活泼、生动和顽皮的感觉。第三首写在春临时,男女的异地相思之苦,"黄檗"是一种味苦的药材(已见前),象征思念之苦,黄檗向着春阳而滋长,在表示苦思的绵绵不断。

夏歌第一首写夏天时思妇的忙碌情形。田中的蚕事虽然已经忙完,但心灵中的苦闷却依旧缠身,对征夫的思念与爱意,她都化作了具体的行动。第二首写羁旅在外者的心情,分别时是春天,如今已届夏季，时间的消逝，并不表示羁旅他乡者对故乡一草一木的遗忘，而实在是路途遥远，时间太匆促的缘故。第三首写女子企盼征夫早早回来团聚的心情，女子春天时忙着养蚕植桑，直到夏天时总算把蚕事忙完，想到此时也该是丈夫回来的时候了。诗中"昼夜理机丝，知欲早成匹"的"丝"谐"思"，"匹"谐"匹偶"之"匹"，所谓昼夜梳理着思念，只是盼望能早日与丈夫相聚。

秋歌第一首写秋天时寒风凄苦，妻子为征夫赶添寒服的情形。这位妇女能在月光下捣洗白布，赶制寒衣，她对丈夫的关怀之情，令人感动。第二首写秋夜中的静思。唐李白《静夜思》曰："床前明月光，疑是地上霜，举头望明月，低头思故乡。"其情意似是从"仰头看明月，寄情千里光"中脱胎而出，而"寄情千里光"一句的内容已远胜李白之上。第三首写时光的消逝。从阳春三月别后，到如今已是九月暮秋，所以时光消逝的无情，一如流水的东去，义无反顾。

冬歌第一首借冬景以烘托女子的坚贞。在寒冬中唯有松柏能不凋，所以用"松柏"来喻心意坚贞。第二首写女子为爱人而焦虑，以致颜容憔悴。前二句"寒鸟依高树，枯林鸣悲风"，既是兴，也是比，"寒鸟依高树"中的"寒鸟"象征"女子"，"高树"象征"男子"，"寒鸟"有"高树"可依，更显见女子的孤独无依。"枯林鸣悲风"则在烘托凄苦的心境，"枯林"即是"憔悴"，风声的悲鸣，有似弃妇的哭泣，使为欢憔悴的女子，更形凄苦。第

172

三首写冬天中也有清新活泼的一面。白雪覆盖下的山冈上，开着几朵耀眼的红花，颜色的对比十分强烈可喜，它自然地表现出一种音符的跳跃，又何须用丝弦和管竹来刻意演奏呢？因为自然的和谐，本就是一首动人的乐章。

六朝以后，仿作很多，而唐李白有《子夜四时歌》四首，最为脍炙人口。今录于下：

春歌

秦地罗敷女，采桑绿水边。

素手青条上，红妆白日鲜。

蚕饥妾欲去，五马莫留连。

夏歌

镜湖三百里，菡萏发荷花。

五月西施采，人看隘若耶。

回舟不待月，归去越王家。

秋歌

长安一片月，万户捣衣声，

秋风吹不尽，总是玉关情。

何日平胡虏？良人罢远征。

冬歌

明朝驿使发，一夜絮征袍。

素手抽针冷，那堪把剪刀！

裁缝寄远道，几日到临洮？

【原诗】

大子夜歌 二首

歌谣数百种，子夜最可怜。

慷慨吐清音，明转出天然。

丝竹发歌响，假器扬清音。

不知歌谣妙，声势出口心。

【语译】

歌谣有数百种，子夜最为可爱。

它清脆的音符发自慷慨的情感，它明畅婉转的歌声出于天然。

丝竹上激发出的歌声音响，借助乐器传送出清新的乐音。

不容易了解歌谣的美妙，声音和韵势都出于口和心。

【赏析】

《乐府诗集》卷四十五录《大子夜歌》二首，列于陆龟蒙《子夜四时歌》之后，所以后人有误以为陆氏所作，其实为"晋宋辞"。它也是《子夜歌》的变曲，郑振铎《中国俗文学史》以为《大子夜歌》是当时文士写来颂赞子夜诸歌的。第一首赞美《子夜歌》是数百种歌谣中最可爱的。因为它的声音来自于慷慨的感情，它音韵的婉转出于天然，可见情感和自然才是完成优美诗歌的基本条件。第二首写《子夜歌》的妙境全在口和心之变化，不必借丝竹、乐器而完全得之于歌者的造诣。

【原诗】

子夜警歌 二首

镂椀传绿酒，雕炉熏紫烟。（椀通碗）
谁知苦寒调，共作白雪弦。

恃爱如欲进，含羞出不前。
朱口发艳歌，玉指弄娇弦。

【语译】

镂金的杯碗中传送着绿酒，采雕的熏炉中冒出紫烟。
谁能了解苦寒行古调，且共奏白雪琴弦。

既蒙宠爱召进，却含羞不肯前行。
朱唇轻唱出艳歌，玉指拨弄着柔弦。

【赏析】

《乐府诗集》卷四十五录《子夜警歌》二首，也是《子夜歌》的变曲，两首都在描写歌女弹琴歌唱的情形。第一首中"镂椀传绿酒"写饮酒传杯的情形，"绿酒"应是新酿的酒，白乐天《问刘十九》诗："绿蚁新醅酒，红泥小火炉。晚来天欲雪，能饮一杯无？"新酒之上浮蚁若绿萍；"雕炉熏紫烟"写房中的摆饰；"苦寒调"即乐府诗中之《苦寒行》；"白雪弦"即《阳春白雪》，为古琴曲名。第二首写歌女既蒙宠爱召进，却又含羞默默无语，进而又描写歌女轻启朱唇歌唱，伸玉指弹弦的神态。从以上二首内容上看，《子夜警歌》似为饮酒作乐而作。

【原诗】

子夜变歌（三选二）

岁月如流迈，春尽秋已至，
荧荧条上花，零落何乃驶。

岁月如流迈，行已及素秋，
蟋蟀吟堂前，惆怅使侬愁。

【语译】

岁月如流水般逝去，春天过了秋天已经来到，
鲜艳的枝条上的花朵，零落得为什么那样急促。

岁月如流水般逝去，马上就到了深秋，

蟋蟀在堂前吟唱，惆怅的声调使我忧愁。

【赏析】

《乐府诗集》卷四十五录《子夜变歌》三首，这里选二首，都是感叹时光流逝的诗。第一首中"荧荧"是形容花的光艳样子，如宋玉《高唐赋》："玄木冬荣，煌煌荧荧。"李善注："煌煌、荧荧，草木花光也。"又如《史记·赵世家》："美人荧荧兮，颜若苕之荣。""零落"就是坠落。《离骚》有"惟草木之零落兮，恐美人之迟暮"句。就是借草木的飘零来象征时光的消逝，催人老去；"驶"是疾的意思。第二首前两句的写法与第一首相同。第三句用"蟋蟀吟堂前"来象征岁月消逝的表现，和《诗经·唐风·蟋蟀》一诗十分相近，《蟋蟀》一首每节前四句都说："蟋蟀在堂，岁聿其莫。今我不乐，日月其除。"（一节）"蟋蟀在堂，岁聿其逝，今我不乐，日月其迈。"（二节）"蟋蟀在堂，役车其休，今我不乐，日月其慆。"（三节），两相比较，"岁月如流迈"就是"日月其迈"；"蟋蟀吟堂前"与"蟋蟀在堂"无异；"惆怅使侬愁"和"今我不乐"也相同。所以《诗经》与晋宋乐府虽相去近千年，但风谣、民歌在象征的运用上可见仍是十分相近的。

上（shǎng）声歌（八首选三）

侬本是萧草，持作兰桂名。

芬芳顿交盛，感郎为《上声》。

郎作上声曲，柱促使弦哀。

譬如秋风急，触遇伤侬怀。

初歌子夜曲，改调促鸣筝。

四座暂寂静，听我歌上声。

【语译】

我本来是低贱的萧草，你却给了我兰桂的美名。

突然间芬芳之气大盛，为感恩郎君而作《上声》。

郎君创作了《上声歌》，弦柱促短而弦音悲哀。

它就如秋风般地疾，触发了我愁伤的胸怀。

初时唱的是《子夜曲》，后来改弹急促的鸣筝。

四座一时默然寂静，倾听我歌唱《上声歌》。

【赏析】

《古今乐录》说："《上声歌》者，此因上声促柱得名。或用一调，或用无调名，如古歌辞所言，谓哀思之音，不及中和。"再印证于前所录三首诗的内容中提到《上声歌》的描述，我们大体可知《上声歌》的弦柱很短，所以弹奏出的弦音急切而哀怨，而且男女皆可歌。上选第一首是从女子本来出身低贱，后经郎君提携而芳名大盛，所以她衔恩感激而作《上声歌》。其中"萧"就是蒿，是贱草，《离骚》上有"何昔日之芳草兮，今直为此萧艾也"句，即用"萧"以比喻不肖的人。至于"兰桂"之为香草，在《楚辞·离骚》中惯用，在此已不必多举。第二首说郎君创作的《上声歌》，繁弦促柱，声调哀切，触发她的伤心胸怀，诗中"柱"是琴瑟上用以系弦的，柱短则音调自然哀切感人。第三首写《上声歌》动听处，尤在《子夜歌》之上，诗中"四座暂寂静，听我歌《上声》"二句，很能表现出歌者的气魄。鲍照《代东武吟》诗中有"主人且勿喧，贱子歌一言"，辛稼轩《水调歌头·醉吟》词中也有"四座且勿语，听我醉中吟"，应该都是从此二句脱化而成。

【原诗】

欢闻歌

遥遥天无柱，流漂萍无根。

单身如萤火，持底报郎恩？

【语译】

遥阔的苍天没有支柱，漂流的浮萍没有生根。

单身的人犹如萤火，拿什么来报答郎恩？

【赏析】

《古今乐录》说："《欢闻歌》者，晋穆帝升平初歌，毕辄呼'欢闻不'？以为送声，后因此为曲名。"《乐府诗集》仅此一首，写单身无依伴的人，纵欲报恩也属不易。前两句在比喻单身的人，犹如无柱的苍天，无根的浮萍；三句写单身的人犹如萤火，其亮光仅能自照而已，又如何报答他人恩典？诗中"底"作"何"解，韩愈诗："有底忙时不肯来？"意与此同。后来又有《欢闻变歌》。据《古今乐录》说："《欢闻变歌》者，晋穆帝升平中，童子辈勿歌于道，曰'阿子闻'，曲终辄云：'阿子汝闻不？'无几而穆帝崩。褚太后哭'阿子汝闻不'？声既凄苦，因以名之。"所以它之于《欢闻歌》，就有如《子夜变歌》之与《子夜歌》的情形。下录一首为例：

刻木作班鸠，有翅不能飞。

摇着帆樯上，望见千里矶。

因为《欢闻变歌》中有"阿子汝闻不？"句子，后人演变成《阿子》《欢闻》二曲。而《乐苑》则说："嘉兴人养鸭儿，鸭儿既死，因有此歌。"这两种说法未知孰是。下录两首为例：

阿子复阿子，念汝好颜容。

风流世希有，窈窕无人双。

春月故鸭啼，独雄颠倒落。

工知悦弦死，故来相寻搏。

诗中第一首的"阿子"系指女子。按《世说新语·贤媛》篇："桓温平蜀，以李势女为妾，郡主凶妒，不即知之。后知，乃拔刀往李所，因欲斫之。见李在窗梳头，姿貌端丽，徐徐结发，敛手向主，神色闲正，辞甚凄婉。主于是掷刀前抱之曰：'阿子，我见汝亦怜，何况老奴！'遂善之。"知当时女子可以称"阿子"。

【原诗】

前溪歌　二首

忧思出门倚，逢郎前溪度。
莫作流水心，引新都舍故。

黄葛结蒙笼，生在洛溪边。
花落逐水去，何当顺流还？还亦不复鲜。

【语译】

怀着忧愁走出门外斜倚，正逢着郎君在前溪涉渡。
你的心千万别像流水，引接了新的就舍弃旧故。

黄葛缠结得茂密繁郁，生长在洛溪的岸边，
花朵落了逐水而去，怎能顺着水流复返？
纵算复返也不再新鲜。

【赏析】

《宋书·乐志》说："《前溪歌》者，晋车骑将军沈玩所制。"又《乐府解题》说："前溪，舞曲也。"按庾信《乌夜啼》有"歌声舞态异前溪"之句，可见"前溪"确是舞曲。《苕溪渔隐》说："于竞《大唐传》，湖州德清县南前溪村，则南朝集乐之处。今尚有数百家习音乐，江南声伎，多自此出，所谓舞出前溪者也。"

182

德清在今之浙江。

《乐府诗集》卷四十五录《前溪歌》七首，此录二首。第一首写怀忧女子对前溪涉渡中男子的规劝。诗中用"流水心"来比喻男子的负心，新鲜而生动。一般"水性"多用于比喻善变的女性。"新""故"之说已见汉古诗。"上山采蘼芜，下山逢故夫。长跪问故夫，新人复何如？新人虽言好，未若故人姝，颜色类相似，手爪不相如。新人从门入，故人从阁去。新人工织缣，故人工织素。织缣日一匹，织素五丈余。将缣来比素，新人不如故。"则正好给"引新舍故"的君子作一警惕。第二首写作者对既已逝去的一切，就不再牵挂和悬念，用心决绝。"花"在诗中象征美好，它既然已经落了，自然永远也不能再恢复新鲜，美好的记忆消失后又岂能还原。这种感情和晏殊"无可奈何花落去"的褊狭心境相比，就显得豁达而开朗多了。

【原诗】

团扇郎　二首

七宝画团扇，灿烂明月光。

饷郎却暄暑，相忆莫相忘。

青青林中竹，可作白团扇。

动摇郎玉手，因风托方便。

【语译】

团扇上画了七种宝物，色彩灿烂有如明月的光芒。

送给郎君驱除炎暑，请时常思忆千万别遗忘。

青翠的林中竹子，可以做成白色的团扇。

在郎君的玉手上挥动，借着风而有亲近你的机会。

【赏析】

《古今乐录》说："《团扇郎》歌者，晋中书令王珉，捉白团扇与嫂婢谢芳姿有爱，情好甚笃。嫂捶挞婢过苦，王东亭闻而止之。芳姿素善歌，嫂令歌一曲当赦之。应声歌曰：'白团扇，辛苦五流连。是郎眼所见。'珉闻，更问之：'汝歌何遗？'芳姿即改云：'白团扇，憔悴非昔容，羞与郎相见。'后人因而歌之。"

《乐府诗集》卷四十五录《团扇郎》六首，此选二。第一首写女子做了团扇送给郎君驱炎暑，借以提醒郎君不要相忘。前两句写团扇的美，上面画了七宝，色彩灿烂夺目。所谓"七宝"，是佛家语，是七种宝物，不过诸经各异，《法华经》以金、银、琉璃、砗磲、玛瑙、珍珠、玫瑰为七宝；其他《无量寿经》《阿弥陀经》《般若经》都略有异同。第二首写青青修竹，做成团扇后，可以亲近郎君。诗中"青青林中竹"是象征女子未蒙郎君宠爱之时，不过是林中寻常修竹而已；"团扇"则象征既宠之后，自然能随伴郎君玉手，摇曳生风。显然这两首诗都是借女子口吻写成，诗中流露出对郎君无限的依恋之情。

　　团扇诗除了六朝人多有仿作之外，唐人张祜、刘禹锡都有此类作品。中唐诗人王建，更用之于《调笑令》中，如其四首之一说：

　　团扇，团扇，美人并来遮面。玉颜憔悴三年，谁复商量管弦？弦管，弦管，春草昭阳路断。

而且《调笑令》正代表由绝句蜕变成长短句之迹，可见团扇诗影响深远。

【原诗】

七日夜女歌　三首

春离隔寒暑，明秋暂一会。

两叹别日长，双情若饥渴。

婉娈不终夕，一别周年期。

桑蚕不作茧，昼夜长悬丝。

灵匹怨离处，索居隔长河。

玄云不应雷，是侬啼叹歌。

　　春天过后间隔一年才有春天，今秋别后明秋才能暂时相会。

　　两地叹息别离的日子太长，双方的思念之情有如肚饥口渴。

　　亲爱的时光还不到一夕，一别就是整整一年的限期。

　　桑蚕已经不再结茧，昼夜都悬吐着长丝。

　　神仙眷侣埋怨被分离两地，悠长的星河分隔了索居的寂寞。

　　玄黑的云层不应该会打雷，想那必是我吟叹的哀歌。

【赏析】

　　《七日夜女歌》也称《七日夜女郎歌》，《乐府诗集》卷四十五收录九首。大都是录牛郎织女事。按牛女事见《荆楚岁时记》说："七月七日，为牵牛织女聚会之夜，是夕，人家妇女结彩缕，穿七孔针，或以金银鍮石为针，陈瓜果于庭中，以乞巧，有喜子网于瓜上，则以为符应。"第一首写牛女思慕之情若饥若渴。第二首写桑蚕也被牛女的分离所感动，以致不结茧而昼夜悬垂长丝。其中"丝"谐"思"。第三首写牛女本是神仙眷侣，却被星河遥隔，连苍天也感动而振雷，但作者在技巧上却有意说"玄云不应雷"来加强下句"是侬啼叹歌"中的悲叹程度。

【原诗】

碧玉歌　二首

碧玉小家女，不敢攀贵德。

感郎千金意，惭无倾城色。

碧玉破瓜时，相为情颠倒，

感郎不羞郎，回身就郎抱。

【语译】

　　碧玉是小户人家的女子，不敢高攀富贵显达，

　　感激郎君的千金重意，惭愧自己没有倾城的颜色。

　　碧玉年纪十六岁时，彼此为情颠倒，

　　感激郎君不顾害羞，转身就把郎君抱。

【赏析】

　　《碧玉歌》又叫《千金意》，《乐府诗集》共录五首，未题作者。引《乐苑》说："《碧玉歌》者，宋汝南王所作也。碧玉，汝南王妾名。以宠爱之甚，所以歌之。"按此类记载，也见梁陈诗人作品之中，如梁元帝《采莲曲》："碧玉小家女，来嫁汝南王。"庾信《结客少年场行》："定如刘碧玉，偷嫁汝南王。"可见齐梁间已盛传。又《乐府诗集》注以为宋无汝南王，晋有，疑宋当作

187

晋。前录"碧玉破瓜时"一首，《艺文类聚》卷四三作孙绰之情人诗，孙正是东晋时人，所以吴旦生说："碧玉，晋汝南王姜名，孙绰为作《碧玉歌》。"

此处录二首。第一首写碧玉自惭身份低微，貌不惊人，对郎君美意，略加婉拒。诗中"倾城"喻颜容之美。李延年歌："北方有佳人，遗世而独立，一顾倾人城，再顾倾人国，宁不知倾城与倾国，佳人难再得。"第二首写碧玉年方十六，正是情窦初开，为感激郎君的爱意而回身拥抱，写得生动活泼而不故作含蓄。诗中"破瓜"，俗以"瓜"字可以分成两个"八"字，所以十六就是"破瓜"之年。

到了唐代李暇笔下，碧玉变成了"上宫妓"，他的诗说："碧玉上宫妓，出入千花林，珠被玳瑁床，感郎情意深。"

【原诗】

懊侬歌　三首

丝布涩难缝，令侬十指穿。

黄牛细犊车，游戏出孟津。

江陵去扬州，三千三百里。

已行一千三，所有二千在。

寡妇哭城颓，此情非虚假，

相乐不相得，抱恨黄泉下。

【语译】

丝布生涩得难以用针缝，使我的十指都被戳穿。

你乘着黄牛细犊车，游戏到了孟津湾。

江陵离开扬州，三千三百里，

已经走了一千三，还有二千在。

寡妇的哭泣使城墙倒颓，这种感情绝非虚假，

只能共享快乐而不能两心相得，死后抱恨黄泉之下。

【赏析】

《古今乐录》说："《懊侬歌》者，晋石崇绿珠所作，唯《丝布涩难缝》一曲而已。后皆隆安初民间讹谣之曲。"《乐府诗集》中收录十四首，此选三首。第一首写女子辛苦缝制衣服，男子却乘犊车出游。诗中"孟津"在河南省孟津县，津口叫河阳渡，相传周武王伐纣时，会诸侯于此。第二首写旅客归心似箭的心情。江陵在今湖北省江陵县，扬州在今南京市南方，作者能牢记两地相距三千三百里，足见印象之深。而且不时递减已行路程里数，又足见归心之急切，此诗愈是文字俚浅，愈见其妙。第三首写男女的感情，贵在两心相得。诗中前两句用寡妇之能哭倒城墙，来肯

定感情的恳挚，不但能感人，更可以动天。但是男女相处，只有浓烈的感情，仍属不足，必须要彼此体会谅解，否则纵有真情，却未必能得对方的领会。犹如寡妇之情虽真，其夫依旧抱恨长眠黄泉之下。

【原诗】

华山畿　五首

华山畿，君既为侬死，独生为谁施。
欢若见怜时，棺木为侬开。

懊恼不堪止，上床解要绳，自经屏风里。

啼著曙，泪落枕将浮，身沉被流去。

腹中如汤灌，肝肠寸寸断，教侬底聊赖。

夜相思，风吹窗帘动，言是所欢来。

【语译】

华山的山边啊！你既已为我而死，我又为谁独生？
爱人如果真心爱我，棺木就为我打开。

悔恨无法抑止，上床解下了腰带，吊死在屏风里。

啼哭到天亮，落下的眼泪使枕头都浮了起来，
身体沉浸在泪水之中被漂流而去。

腹中像灌进了热汤，肝和肠都寸寸折断，
教我如何依赖。

深夜中相思，风吹得窗帘飘动，以为是所爱的人进来。

【赏析】

《古今乐录》说："宋少帝时，南徐一士子，从华山畿往云阳，见客舍有女子年十八九，悦之无因，遂感心疾。母问其故，具以启母。母为至华山寻访，见女具说，女闻感之，因脱蔽膝，令母密置其席下卧之，当已，少日果差。忽举席见蔽膝而抱持，遂吞食而死。气欲绝，谓母曰：葬时车载，从华山度。母从其意。比至女门，牛不肯前，打拍不动。女曰：'且待须臾。"妆点沐浴。既而出，歌曰：（下即本文所选第一首）。棺应声开，女遂入棺，家人叩打，无如之何。乃合葬，呼曰神女冢。"

不过《乐府诗集》中录《华山畿》二十五首，《古今乐录》的本事似只针对第一首而言。其他各首虽都以"感情的懊恼"为主题，但结局并不相同，如上选第二首，诗中女子在悔恨之余，

191

是"自经屏风里"，而非棺木之中。第一首的故事和脍炙人口的梁祝故事有若干相同之处，梁祝故事的结局可能即袭取于《华山畿》。

本文选录五首。第三首的文笔十分夸大，但却活泼生动。第四首写女子极度思念时腹中如烧，肝肠寸断。第五首写女子相思之切，连风吹帘动也疑为爱人来访。总之二十五首诗中都以女性的情绪为主。

至于就《古今乐录》中所叙之诸地名考察，东晋侨置南徐州于京口，即今江苏镇江。又三国时，吴国改曲阿为云阳，即今江苏丹阳。而江苏境有三座华山：一在句容县北十里；一在吴县（即现在的苏州市吴中区）西；另一在丰县东南三十里，丰县远在江苏省西北部，应非吴歌流行区域，而句容、吴县俱在江南，其中句容在镇江，去丹阳尤近，则诗中的华山，当指句容县北十里之处。

【原诗】

读曲歌　五首

思欢久，不爱独枝莲，
只惜同心藕。

忆欢不能食，徘徊三路间，
因风觅消息。

芳萱初生时，知是无忧草。
双眉画未成，那能就郎抱。

桃花落已尽，愁思犹未央。
春风难期信，托情明月光。

自从别郎后，卧宿头不举。
飞龙落药店，骨出只为汝。

【语译】

思念爱人的时日已长久，我不爱独枝的莲花，
只珍惜同心的并藕。

为了思念爱人而不能饮食，只好徘徊在三岔路口，
向着风觅取消息。

芬芳的萱草刚萌生时，就知道它是无忧草。
两道眉毛都还没画成，哪里能把郎君拥抱？

桃花已经落尽，愁思还没有消止，
难于期待春风的消息，只得把情怀寄托给明月。

自从郎君离别后，一直卧睡着头也不想抬起，

天上的飞龙掉进了药店，瘦得露骨只为你的缘故。

【赏析】

《宋书·乐志》说："《读曲歌》者，民间为彭城王义康所作也。其歌云'死罪刘领军，误杀刘第四'是也。"按刘领军谓刘湛，刘第四即义康。义康被徙在元嘉十七年。若此，则《读曲歌》，为民间感伤义康而作，本非艳曲。

又《古今乐录》说："《读曲歌》者，元嘉十七年袁后崩，百官不敢作声歌，或因酒宴，止窃声读曲细吟而已，以此为名。"则《读曲歌》但在细声诵读而已。

《乐府诗集》共收八十九首，此选五首，都是叙男女相思之情。第一首用"独枝莲"谐"孤独可怜"，用"同心藕"谐"同心匹偶"。第二首写女子因思念爱人以致不能寝食，只好徘徊三岔路口，等待消息。因为风都是应季节的变化而来，有一定的信期，所以才"因风觅消息"。如宋陆游的《前山》诗有"履声惊雉起，风信报梅开"，即以风信连用。第三首中"萱"即是忘忧草。芳萱初生，即知忘忧，是指天生乐观、旷达。所以"萱"在此象征女子，也即下文"双眉未画成，那能就郎抱"的天真女子。第四首写女子在饱经思念之苦后，领悟到所托非人，有将感情转移他方的念头。第五首写女子在离别郎君后，因思念而消疲。诗

中把女子的思念成疾，比喻为"飞龙落药店"，大概是取意于龙骨的外露，所以下文有"骨出只为汝"一句照应。

诗人常说："爱情是女人生命的全部，而只是男人生活中的点缀。"女子对爱情渴望的强烈，是远超过男子的，读毕这五首诗，当也有如是的感触吧！

唐代张祜也有《读曲歌》五首，今录一首于下：

窗中独自起，帘外独自行。

愁见蜘蛛织，寻思直到明。

神弦歌

　　南朝前期的民间乐府之第二部分为神弦歌。《古今乐录》说：
"《神弦歌》十一曲：一曰《宿阿》，二曰《道君》，三曰《圣郎》，
四曰《娇女》，五曰《白石郎》，六曰《青溪小姑》，七曰《湖就
姑》，八曰《姑恩》，九曰《采菱童》，十曰《明下童》，十一曰
《同生》。"就《乐府诗集》中所录歌辞中的地名，青溪、白石及
赤山湖等地名考之，可知歌诗的流传仍不离建业左右。

　　据《宋书·乐志》说："何承天曰，或云今之《神弦》，孙氏
以为宗庙祭歌也。史臣案陆机《孙权诔》：《肆夏》在庙，《云翘》
承□，机不容虚设此言。又韦昭孙休世上《鼓吹铙歌》十二曲表
曰：当付乐官善歌者习歌。然则吴朝非无乐官，善歌者乃能以歌
辞被丝管，宁容止以《神弦》为庙乐而已乎？"据此，则孙吴时，
江南已有《神弦歌》。就歌辞内容看，有些和《楚辞·九歌》相
似，如《宿阿曲》说："苏林开天门，赵尊闭地户。神灵亦道同，
真官今来下。"与《九歌》的"广开兮天门"（《大司命》）、"流澌
纷兮将来下"（《河伯》）的句子相近。所以《神弦歌》应是民间

祭神的歌曲。南方风俗，好鬼神而重淫祀，每用巫觋（xì）以作乐歌舞娱神，其文辞难免有人神相互倾慕之语，其背景和《九歌》是十分相似的。今只录《青溪小姑曲》。

【原诗】

青溪小姑曲

开门白水，侧近桥梁，

小姑所居，独处无郎。

【语译】

打开门前是一弯白水，旁侧邻近一座桥梁，

小姑娘就住在此地，她还是独处而没有郎君。

【赏析】

南朝梁代吴均《续齐谐记》说："会稽赵文韶，为东宫扶持，坐清溪中桥，与尚书王叔卿家隔一巷，相去二百步许。秋夜嘉月，怅然思归，倚门唱《西乌夜飞》，其声甚哀怨。忽有青衣婢，年十五六，前曰：'王家娘子自扶持，闻君歌声，有门人（《乐府诗集》引作"有悦人者"）逐月游戏，故遣相闻耳。'故时未息，文韶不之疑，委曲答之，亟邀相过。须臾，女到，年十八九，行步容色可怜，犹将两婢自随，问家在何处？举手指王尚书宅，曰：'是。闻君歌声，故来相诣，岂能为一曲邪？'文韶即为歌《草生盘石》，音韵清畅，又深会女心。乃曰：'但令有瓶，何患不得水？'顾谓婢子：'还取箜篌，为扶侍鼓之。'须臾至，女为酌两三弹，泠泠更增楚绝。乃令婢子歌《繁霜》，自解裙带系箜篌腰，叩之以倚歌。歌曰：'日暮风吹，叶落依枝。丹心寸意，愁君未知！'歌《繁霜》，侵晓带，何意空相守，坐待繁霜落！'歌阕，夜已久，遂相仵燕寝，竟四更别去。脱金簪以赠文韶，文韶亦答以银碗、白琉璃匕各一枚。既明，文韶出，偶至青溪庙歇，神座上见碗，甚疑，而委悉之，屏风后则琉璃匕在焉，箜篌带缚如故。祠庙中唯女姑神像，青衣婢立在前。细视之，皆夜所见者，于是遂绝。当宋元嘉五年也。"（见《说郛》卷二十五）

　　按：元嘉五年当公元428年，女姑就是青溪小姑，是汉末蒋子文的第三妹。蒋子文事据干宝《搜神记》说："广陵蒋子文，尝为秣陵尉，因击贼，伤而亡。吴孙权时封中都侯，立庙钟山（今南京钟山）。"青溪即发源于钟山。近人陆侃如则说："《三国志·吴志》有《蒋钦传》，事实与干宝所记蒋子文事相类，惟封侯系其子壹之事，未审'子文'是否蒋壹之字。大概小姑之事系江左民间的传说，然亦未必如吴均所记那样的灵异，至其来源阙疑可也。"

　　这首诗就是用来祭祀青溪小姑的，后来习用的"小姑独处"典故即出于此。

西曲歌

《乐府诗集》说:"西曲歌出于荆、郢、樊、邓之间,而其声节送和,与吴歌亦异,故因其方俗而谓之西曲。"《通志》说:"宋代以荆雍为南方重镇,皆王子为之牧。江右辞咏,莫不称之以为乐土。故宋隋王诞作《襄阳乐》,齐武追忆樊邓作《估客乐》是也。"所以西曲是流行在长江、汉水流域一带。朱自清在《中国歌谣的历史》中说:"荆、郢、樊、邓所以成乐土者,最大的原因,是由于商业繁盛的结果,于是西曲差不多就完全成为商业化。我们看西曲歌的《石城乐》《乌夜啼》《莫愁乐》《襄阳乐》《三洲歌》《那呵滩》《浔阳乐》,差不多都是描写商人的恋爱。"

据《古今乐录》所载,西曲歌共三十四曲。

【原诗】

石城乐　二首

布帆百余幅,环环在江津。

执手双泪落,何时见欢还。

闻欢远行去，相送方山亭。

风吹黄檗藩，恶闻苦离声。

【语译】

布帆有一百多幅，环绕在江边津渡，

离人互握着手双双泪落，不知何时才能再见爱人回来。

听说爱人即将远去，一直相送到方山亭。

风吹着黄檗树的篱藩，最厌烦听到凄苦的道别声。

【赏析】

《乐府诗集》录《石城乐》五首，此引二首。《唐书·乐志》说："《石城乐》者，宋臧质所作也。石城在竟陵，质尝为竟陵郡，于城上眺瞩，见群少年歌谣通畅，因此作曲。歌云：'生长石城下，开门对城楼。城中美年少，出入见依投。'"

按：宋（南朝）臧质（399—454）在《宋书》中有传，为竟陵江夏内史时，在三十岁左右。石城即今之湖北钟祥县城。

此选二首，均是送别的诗。第一首是江畔送别，第二首是山亭送别。由于送别之场所不同，引起离愁别绪的景物也自是不同。

江津是一座泊船的码头，在今湖北省江陵县附近，所以前二句写津渡处，帆船点点丛集待航的景象；后二句写离人执手相看，无语凝噎时分别的心情。

方山亭之所在，据《太平广记》引《幽明录》说："东阳丁晔出郭，于方山亭宿。"则方山亭当在东阳市（今浙江省）城郭之外。亭外植满黄檗树围成的篱笆。黄檗是一种苦木，所以作者从苦木中引起了离别之苦，加之山风野大，吹得篱木发出的声音，有似离人在倾诉离别的痛苦。诗中用黄檗的质性苦以喻"痛苦"，用"篱藩"之"篱"以喻"离别"，这又都是民歌中惯用的技巧。

【原诗】

乌夜啼　二首

辞家远行去，侬欢独离居。

此日无啼音，裂帛作还书。

可怜乌臼鸟，强言知天曙。

无故三更啼，欢子冒暗去。

【语译】

　　辞别家人出门远行，留下我的爱人孤独索居，

　　今天没有听到乌鸟的啼声，撕下纸帛赶紧写封家书。

　　可怜的乌臼树上的乌鸦，逞强说它知道天将放曙，

　　无缘无故地在三更叫了起来，使爱人冒着黑暗离去。

【赏析】

《唐书·乐志》说："《乌夜啼》者，宋临川王义庆所作也。元嘉十七年，徙彭城王义康于豫章。义庆时为江州，至镇，相见而哭。文帝闻而怪之，征还，庆大惧，伎妾夜闻乌夜啼声，扣斋阁云：'明日应有赦。'其年更为南兖州刺史，因此作歌。故其和云：'夜夜望郎来，笼窗窗不开。'今所传歌辞，似非义庆本旨。"

《教坊记》则说："《乌夜啼》者，元嘉二十八年，彭城王义康有罪放逐。行次浔阳，江州刺史衡阳王义季，留连饮宴，历旬不去。帝闻而怒，皆囚之。会稽公主，姊也，尝与帝宴洽，中席起拜。帝未达其旨，躬止之。主流涕曰：'车子岁暮，恐不为陛下所容！'车子，义康小字也。帝指蒋山曰：'必无此，不尔，便负初宁陵。'武帝葬于蒋山，故指先帝陵为誓。因封余酒寄义康，且曰：'昨与会稽姊饮，乐，忆弟，故附所饮酒往，遂宥之。'使未达浔阳，衡阳家人扣二王所囚院曰：'昨夜乌啼夜，官当有赦。'少顷使至，二王得释，故有此曲。"（《乐府诗集》说："按史书称临川王义康为江州，而云衡阳王义季，传之误也。"）

《乐府诗集》收八曲，此选二曲。第一首写男子出门远行，独留爱人索居，因未闻乌鸦啼叫，而赶紧写信回家问讯。第二首写由于乌鸦的三更啼叫，而使爱人以为天已曙而离去。一则乌鸦该叫而不叫，一则乌鸦不该叫却又叫了，对作者来说，对乌鸦都有几分不满的情绪。

北周庾信也有《乌夜啼》二首，今选一首于下：

促柱繁弦非《子夜》，歌声舞态异《前溪》。

御史府中何处宿？洛阳城头那得栖。

弹琴蜀郡卓家女，织锦秦川窦氏妻。

讵不自惊长泪落，到头啼鸟恒夜啼。

【原诗】

莫愁乐　二首

莫愁在何处？莫愁石城西。

艇子打两桨，催送莫愁来。

闻欢下扬州，相送楚山头。

探手抱腰看，江水断不流。

【语译】

莫愁你在哪里？莫愁在石城的城西。

小艇打动起双桨，催送莫愁来到此地。

听说爱人要下行扬州，我送你到楚山的山头。

我伸手抱住你的腰看，希望江水断竭而不再畅流。

【赏析】

《旧唐书·乐志》说:"《莫愁乐》者,出于《石城乐》。石城有女子名莫愁,善歌谣,《石城乐》和中复有忘愁声,因有此歌。"《古今乐录》说:"《莫愁乐》亦云《蛮乐》,旧舞十六人,梁八人。"按《乐府解题》说:"古歌亦有《莫愁洛阳女》,与此不同。"而梁武帝《河中之水歌》也有"河中之水向东流,洛阳女儿名莫愁",如此则不仅石城有莫愁。《乐府诗集》录二首,今也录二首。第一首写女子莫愁,家在石城西。石城在湖北钟祥市,见《石城乐》诗。艇子是轻快的小船,此比喻想见莫愁者心情的急切。第二首写女子送别男子到扬州,在楚山头作别。扬州的治所在建业(今江苏南京)。楚山泛指楚地的山,是"欢"动身启程的地点。"探手抱腰看"写女子舍不得他离去。"江水断不流"有两种看法,一说谓离别在即,十分悲伤,使江水也为之感动而不流。另一说谓希望江水断竭不流,使"欢"无法乘船离去。

【原诗】

三洲歌　二首

送欢板桥弯,相待三山头。

遥见千幅帆,知是逐风流。

风流不暂停,三山隐行舟。

愿作比目鱼,随欢千里游。

【语译】

送别爱人直到板桥弯，期待归来伫立三山头。

当遥见千幅的帆影，才知道你已去追逐风流。

风和流水不会停留，三山隐蔽住了行进的小舟。

我愿变作比目鱼，跟随爱人做千里遨游。

【赏析】

《旧唐书·音乐志》说："《三洲》，商人歌也。"《古今乐录》说："《三洲歌》者，商客数游巴陵、三江口往还，因共作此歌。其旧辞云：'啼将别共来。'梁天监十一年（公元 512 年），武帝于乐寿殿道义竟留十大德法师设乐，敕人人有问，引经奉答。次问法云：'闻法师善解音律，此歌何如？'法云奉答：'天乐绝妙，非肤浅所闻。愚谓古辞过质，未审可改以不？'敕云：'如法师语音。'法云曰：'应欢会而有别离，啼将可改为欢将乐，故歌。'歌和云：'三洲断江口，水从窈窕河傍流。欢将乐，共来长相思。'旧舞十六人，梁八人。"

《乐府诗集》收三首，此选二首。它们既为商人歌，当然描写的对象也以商人的生活与心态为主。自来商人多被讥为"重利轻别离"，所以这首歌的主角，就是一位被冷落的商人伴侣。第一首写女子送别爱人到板桥弯，本来有期盼等待之意，但举目一看远处的千幅帆影，才了解到多少人都像自己的爱人一般去追求风流乐事，想期待他的归来恐怕不是易事，诗中"风流"一词，表面是指风和流水，而实则是双关语，它暗示"风流乐事"之意。板桥弯地名，即板桥。《景定建康志》卷十六《桥航》篇："板桥，在城南三十里。"三山是山名，在今南京市西南，上有三峰。第二首写女子虽也能了解到商人的追逐市利就会像风和流水一样，永不暂时停留，但她对他的爱依然一往情深。所以她宁作比目鱼，追随在爱人的身边做千里遨游。比目鱼，是鲽和王余鱼等的总称，它们的双目都长在上方的一面，后来用它来比喻男女感情笃深的代称。如潘岳《悼亡诗》："如彼游川鱼，比目中路折"，即指他的爱妻。

到陈后主、唐温庭筠等都有仿作。陈后主之作如："春江聊一望，细草遍长洲。沙汀时起伏，画舸屡淹留。"虽是五言四句，但内容已不似商人歌。至于温氏之作，已经变成七言。如："团圆莫作波中月，洁白莫为枝上雪。月随波动碎潾潾，雪似梅花不堪折。李娘十六青丝发，画带双花为君结。门前有路轻离别，惟恐归来旧香灭。"显然只在套用旧名而已。

【原诗】

采桑度　四首

蚕生春三月，春桑正含绿。

女儿采春桑，歌吹当春曲。

春月采桑时，林下与欢俱，

养蚕不满百，那得罗绣襦。

采桑盛阳月，绿叶何翩翩，

攀条上树表，牵坏紫罗裙。

伪蚕化作茧，烂熳不成丝。

徒劳无所获，养蚕持底为。

【语译】

蚕孵生在春天的三月，春天的桑叶正满含着绿意。

女子们忙着采撷春桑，歌声和吹奏的都是迎春曲。

春月采撷桑叶的时候，在林下和爱人一同工作。

养的蚕如果不满一百，哪里能有罗绣的短袄。

在艳阳天采撷桑叶，绿叶竟上下飞舞。

攀缘着枝条爬上树梢，牵扯破了紫色的罗裙。

假蚕孵化成蚕茧，散乱得不能抽丝。

白花了劳力无所收获，养蚕又为了什么？

【赏析】

《采桑度》一作《采桑》，《旧唐书·乐志》说："《采桑》因《三洲曲》而生，此声苑（当作调）也。《采桑度》，梁时作。"《古今乐录》说："《采桑度》，旧舞十六人，梁八人，即非梁时作矣。"又《水经》说："河水过屈县西南为采桑津，春秋僖公八年，晋里克败狄于采桑是也。"梁简文帝《乌栖曲》说："采桑渡头碍黄河，郎今欲渡畏风波。"则"采桑"又是津渡之名。

《乐府诗集》收七曲，此选四曲，都以采桑的种种情况为描写对象。生动活泼，是南朝民间乐府中，稍具乡村风味的作品。第一首，写三月蚕生桑绿，采桑女一边工作，一边歌唱的情形。"歌吹当春曲"句中"春曲"一作"初曲"，意谓这一首可能是全数"采桑度"的引子。第二首写春月采撷桑叶时，男女在林下一起工作的乐趣，末二句更借女子的口吻，提醒男子不要因为相悦而耽误采桑，否则连短袄也织不成。第三首写采桑女子在艳阳天，攀附上树梢采撷时，被桑枝扯破罗裙的"糗"事，这正是生活中真实的反映。第四首写伪蚕虽然能结茧，但是这种茧散漫而不能抽丝，只是增加了养蚕人家的劳力而无所获。其实这也是养蚕中常见之事，应是实写。不过作者也可能借此以比喻男女感情上，对"伪"君子是不必给予太多的相思之情的，因为诗中"丝"是双关语，谐"思"之意。

【原诗】

那呵（nuó hē）滩　五首

我去只如还，终不在道边。
我若在道边，良信寄书还。

沿江引百丈，一濡多一艇。
上水郎担篙，何时至江陵？

江陵三千三，何足持作远？
书疏教知闻，莫令信使断。

闻欢下扬州，相送江津弯。
愿得篙橹折，交郎到头还。

篙折当更觅，橹折当更安。
各自是官人，那得到头还。

【语译】

我此次出门只当是回家，总不至落难在路边。
我如果落难在路旁，也会有信使带回书函。

沿着江畔拖引百丈的绳索，一沾湿了就像多拉一艘船。

上行的船郎持篙撑船，不知何时才能到达江陵？

江陵离此三千三百里，又怎能算是遥远？
书信经常可以往返，不要让音信间断。

听说爱人远下扬州，我相送到江津弯。
但愿篙橹会折断，让郎君倒转回航。

篙折了可以再找，橹断了可以再装。
各人都是应官差的人，哪能篙橹折了就回转？

【赏析】

　　《古今乐录》说："《那呵滩》，旧舞十六人，梁八人。其和云：'郎去何当还。'多叙江陵及扬州事。那呵，盖滩名也。"王运熙说："'那呵'与'奈何'声同，当即是'奈何'。歌词有云：'愿得篙橹折，交郎到头还。'因滩很凶险，故名。"（见《六朝乐府与民歌》）《乐府诗集》录六首，此选五首。第一首是作者出门作客，在临行时安慰家人的诗。诗中"在道边"是表示无屋可住，栖息路旁，也就是落难的意思。"良信"中的"信"是"信使"，"良信"就是可靠的信使。第二首写江边船家用绳索拖曳船只上行的情形，此种景象在江南河道中常见，因为水浅滩急，船只必须拖引而上行，否则在上行时只靠船郎撑篙橹行速是十分缓慢的。

据《云麓漫钞》说："舟人所用器，特与他舟异，篙用竹，加铁钻，又有肩篙、拐篙……所谓肩篙者，覆面向水用肩撑。"沿岸拉曳船行时，最忌绳索浸水，因为绳索会吸收水分，湿了反比船只还重。第三首是寄盼远行人，不要因为路途遥远就忘了书信来往。江陵在今湖北江陵县，西曲中之"江陵县"即咏江陵之地事（本书不录）。从江陵到扬州（今南京）的路程，大约是三千三百里。《懊侬歌》说："江陵去扬州，三千三百里。"第四首和第五首是男女互相唱和的诗，前一首是女方赠别之作，后一首是男方回答的诗。当女子听说爱人要远去扬州，就亲自送行到江津弯（江津即在江陵附近，见前《石城乐》）。她突发奇想，希望撑船的篙橹能折断，而迫使男方早早回航，写出了女子对命运的无奈与殷盼奇迹的出现。下一首男子的回答，却是叙述现实的生活，船家汉的远行是应官府的差遣，哪能篙橹断了就回航？女子问得天真、纯稚，男子答得平实、理智，这真是一种绝妙的对比，男女两性对爱情的重视与想象，显然是大不相同的。

【原诗】

拔蒲　二首

青蒲衔紫茸，长叶复从风。

与君同舟去，拔蒲五湖中。

朝发桂兰渚，昼息桑榆下。

与君同拔蒲，竟日不成把。

【语译】

青青的蒲草含着紫色的嫩茎，修长的叶子随风摇动。

和你同驾小舟前去，在五湖之中拔取蒲草。

清晨从桂兰满地的水边出发，中午憩息在桑榆之下。

和你一同去拔取蒲草，整天却拔不到一把。

【赏析】

《古今乐录》说："《拔蒲》，倚歌也。"凡倚歌，都用铃鼓，无弦有吹，无舞。"拔蒲"是拔取蒲草，在《诗经》里有这一类描写采撷植物的诗歌。如《卷耳》："采采卷耳，不盈倾筐。嗟我怀人，置彼周行。"承袭而下，到汉代则有乐府《江南》（见前），而此二首《拔蒲》则可以代表六朝的嗣响之作。《乐府诗集》即录此二首。第一首前两句描写蒲草的青翠柔嫩和迎风摇曳的姿态，是引起女子和男子同去五湖中拔撷蒲草的动机。蒲是一种水草，也叫香蒲，嫩茎可以食用，叶子可以做席子、扇子等，夏天抽花梗于丛叶中，花和絮丛生在梗端，形如蜡烛，俗称蒲槌。第二首写男女同去拔蒲，但意不在此，只是为了彼此能相聚而已，所以会"竟日不成把"。所以这两首，仍属情诗。

唐代张祜也有一首仿作《拔蒲歌》：

拔蒲来，领郎镜湖边，

郎心在何处？莫趁新莲去。

拔得无心蒲，问郎看好无。

就把爱情的主题点化得十分透彻了。

【原诗】

作蚕丝　二首

春蚕不应老，昼夜常怀丝。

何惜微躯尽，缠绵自有时。

素丝非常质，屈折成绮罗。

敢辞机杼劳，但恐花色多。

【语译】

春蚕原不该老去，只因昼夜常怀着蚕丝。

何必珍惜微躯的消尽，缠绵的蚕丝自有吐尽之时。

白色的蚕丝不是凡质，编织以后能成为绮罗。

并非怕机杼过度疲劳，只恐编成的花色太多。

【赏析】

　　《古今乐录》说："《作蚕丝》，倚歌也。"《玉台新咏》录《绩蚕初成茧》一首，也作《蚕丝歌》。《乐府诗集》录四首，此录二首。第一首写春蚕因怀丝而老去，以比喻相思催人老。所以诗中"怀丝"是双关语，谐"怀思"；"缠绵"以蚕丝的缠绵喻爱情的"缠绵"；"何惜微躯尽"指蚕吐丝后即化为蛹，借喻自己不惜为爱情牺牲性命，"微躯尽"就是身死。唐代李商隐《无题》诗有"春蚕到死丝方尽"之句，当是从此脱化而出。第二首写素色的蚕丝质地好，可以织成绮罗（绮是花纹敧斜的丝织物，罗是轻软而有疏孔的丝织物。）而素丝之所以为美，更在它的花色单纯。全诗给人一种清新脱俗的感受。

舞曲歌辞

《乐府诗集·舞曲歌辞序》说："自汉以后，乐舞寝盛，故有雅舞，有杂舞。雅舞用之郊庙、朝餐，杂舞用之宴会。"雅舞又有九种：《武德》《文始》《五行》《四时》《昭德》《盛德》《云翘》《育命》及《大武》。前六种作于西汉，后三种作于东汉。现在的雅舞，只有东平王苍的《后汉武德舞歌诗》：

於穆世庙，肃雄显清。
俊乂翼翼，秉文之成。
越序上帝，骏奔来宁。
建立三雍，封禅泰山。
章明图谶，放唐之文。
休矣惟德，罔射协同。
本支百世，永保厥功。

其余八种都已亡佚。从现在的《武德舞歌诗》看，它显然是模仿《周颂》，并无多大价值。至于南朝的"舞曲歌辞"，在《乐府诗集》卷五十二中收录不少，但也多歌颂之辞，所以俱不选录。

杂舞则有：《公莫》《巴渝》《槃舞》《鞞舞》《铎舞》《拂舞》《白纻》之类等多种。其中属汉代的《巴渝》《槃舞》《鞞舞》已亡佚，而《公莫》《铎舞》都已不能句读。《拂舞》起于江左，《白纻》出于吴地，今存。《乐府诗集》卷五十四《铎舞歌》下有《圣人制礼乐篇》，《巾舞歌》下有《公莫舞》都题为"古辞"，应是汉代作品，可借声辞杂写，已讹异不可解。下面选几首魏晋六朝人的作品。

【原诗】

白鸠篇

翩翩白鸠，载飞载鸣。

怀我君德，来集君庭。（一解）

白雀呈瑞，素羽明鲜。

翔庭舞翼，以应仁乾。（二解）

交交鸣鸠，或丹或黄。

乐我君惠，振羽来翔。（三解）

东壁余光，鱼在江湖。

惠而不费，敬我微躯。（四解）

【语译】

　　翩翩然翱翔的白鸠，一边飞翔一边鸣叫。

　　感怀我君主的德行，前来栖集在我君主的门庭。

　　白色的雀鸟呈献了祥瑞，素色的羽毛光色鲜明。

　　翱翔在门庭舞动着羽翼，以应验仁德的天命。

　　交交然鸣叫的斑鸠，有的丹红有的橙黄。

　　愉悦我君主的恩惠，振动着羽翼而来翱翔。

　　从东壁借来了余光，就像鱼置身在江湖。

　　恩惠他人而不费己力，能敬重我微贱的身躯。

【赏析】

　　《白鸠篇》有七解，此录四解。它属于"晋拂舞歌"。据《晋书·乐志》说："《拂舞》，出自江左，旧云吴舞也。晋曲五篇：一曰《白鸠》，二曰《济济》，三曰《独禄》，四曰《碣石》，五曰《淮南王》。齐多删旧辞，而因其曲名。"《乐府题解》则说："读其辞，除《白鸠》一曲，余并非吴歌，未知所起也。"第一解用白鸠的载飞载鸣为起兴，再称述君主的盛德。第二解白雀的呈祥献

217

瑞，以象征君德的应验天命。第三解用鸣鸠振羽来翔，以表示百姓对君惠的感激。第四解用东壁借余光的故事来表示君主对百姓的施惠是惠而不费的事。"余光"事见《史记》："贫人女与富人女会绩，贫人女曰：'我无以买烛，而子之烛光幸有余，子可分我余光。'""惠而不费"见《论语》："因民之所利而利之，斯亦惠而不费乎？"大体上《白鸠篇》都是歌咏君德之作。《宋书·乐志》说："晋杨泓《舞序》云：'自到江南，见《白符舞》，或言《白凫鸠舞》，云有此来数十年矣。察其辞旨，乃是吴人患孙皓虐政，思属晋也。'"与歌辞旨意相合。

【原诗】

独漉篇

独漉独漉，水深泥浊。

泥浊尚可，水深杀我。（一解）

雍雍双雁，游戏田畔。

我欲射雁，念子孤散。（二解）

翩翩浮萍，得风遥轻。

我心何合，与之同并。（三解）

空床低帷，谁知无人。

夜衣锦绣，谁别伪真。（四解）

刀鸣削中，倚床无施。

父冤不报，欲活何为。（五解）

猛虎班班，游戏山间。

虎欲啮人，不避豪贤。（六解）

【语译】

小渔网啊小渔网，水那么深泥那么浊。

泥浊还可以清，水深了会杀我。

嘎嘎鸣叫的一双大雁，游戏在田边。

我本想射杀双雁，却想到你们是离群的孤雁。

一片片的浮萍，被风吹得轻摇。

我的心何时才能聚合，和它同行并进。

空床旁低垂了帐帷，谁能知道有没有人睡。

夜间穿上锦绣华服，谁能分辨是真是伪。

刀在鞘中呜咽，我空倚着床无所施为。

父亲的冤仇不能报，就是活着又有何用？

猛虎的毛色鲜明，游戏在山林之间。

虎若想吃人，它不会去避开豪贤。

【赏析】

独漉即小罟（小渔网），用小渔网捕鱼非常困难，以形容报仇也并不容易。按晋代鼓吹报仇的作品除《独漉》外，还有傅玄的《庞氏有烈妇》，张华的《博陵王宫侠曲》等。可见魏文帝虽下诏禁复仇，而一时社会风气并无多大改变。《南齐书·乐志》

说："古辞《明君曲》后云：'勇安乐，无慈不问清与浊。清与无时浊，邪交与独禄。'《伎录》曰：'求禄求禄，清白不浊。清白尚可，贪污杀我。'晋歌为'鹿'字，古通用也。疑是讽刺之辞。"所以又称"独禄"，此有六解：第一解用水深泥浊形容政局的污浊，孟子曰：苛政如水益深，即是此意。第二解以为人皆有恻隐之心，所以对和乐的双雁且不忍射杀，以衬托出杀人者毫无人性。第三解用浮萍的飘摇不定，写出自己的缺乏归属感与彷徨心。第四解写分辨人性真伪的不易，就像帷帐里空床，要辨识其中是否有人并不容易；也像锦衣夜行，要分辨花色也不容易。第五解用刀在鞘中鸣咽，写自己复仇意念的激动，"倚床无施"写自己无从报仇的苦痛与彷徨心境，所以当父仇未报时，生命似已无意义。第六解以猛虎喻苛政，孔子说"苛政猛于虎"即此意，所以苛政下残害的人，往往多属豪杰贤士。

通观六解，似在表现污浊政局、苛政统治下，被冤屈者的心态和急于复仇的心理。

【原诗】

龟虽寿

神龟虽寿，犹有竟时。腾蛇乘雾，终为土灰。

老骥伏枥，志在千里。烈士暮年，壮心不已。

盈缩之期，不但在天。养怡之福，可得永年。

【语译】

神龟虽然长寿，还有终尽的时候，

螣蛇能乘兴云雾，最终仍变成土灰。

老马虽然伏处马槽，却立志在驰骋千里。

烈士虽然到了暮年，壮心却并未休止。

成败祸福的安排，并不全然在天。

怡心修养得法，就可以永寿延年。

【赏析】

《龟虽寿》是《碣石》篇四章（另有《观沧海》《冬十月》《土不同》三篇）之一。据《南齐书·乐志》说："《碣石》，魏武帝辞，晋以为《碣石舞》。"这首《龟虽寿》是《步出夏门行》的末章，大意是说人的寿命有限，而壮志无穷，但祚命的长短不一定全由上天安排，也可以由人的修养中得之。"神龟"是龟中之通神灵者，龟可以活得很长命，所以古人将它代表长寿的动物。既然又能通灵，它的长寿可知。《庄子·秋水》篇："吾闻楚有神龟，死已三千岁矣。""螣蛇"是传说中的神物，和龙同类，能兴云驾雾（见《尔雅》）；"枥"是马槽，"烈士"是指为人刚正、重义轻生的人，或是积极于建功立业的人；"盈缩"指进退、升降、成败、祸福等。

琴曲歌辞

《乐府诗集》说："琴者，先王所以修身、理性、禁邪、防淫者也，是故君子无故不去其身。"又说："古琴曲有五曲、九引、十二操。五曲：一曰《鹿鸣》，二曰《伐檀》，三曰《驺虞》，四曰《鹊巢》，五曰《白驹》。九引：一曰《烈女引》，二曰《伯妃引》，三曰《贞女引》，四曰《思归引》，五曰《霹雳引》，六曰《走马引》，七曰《箜篌引》，八曰《琴引》，九曰《楚引》。十二操：一曰《将归操》，二曰《猗兰操》，三曰《龟山操》，四曰《越裳操》，五曰《拘幽操》，六曰《岐山操》，七曰《履霜操》，八曰《朝飞操》，九曰《别鹤操》，十曰《残形操》，十一曰《水仙操》，十二曰《襄陵操》。自是已后，作者相继……"

其实琴曲，本有声无辞，所以《乐府诗集》中所收录的琴曲歌辞，或自史传中录出，如项羽《力拔山操》、刘邦《大风起歌》等；或为后世文人托古之作，如王嫱《昭君怨》、蔡琰《胡笳十八拍》等。又如唐尧《神人畅》，虞舜《思亲操》《南风歌》，夏禹《襄陵操》，殷箕子《箕子操》，周文王《拘幽操》《文王操》等，也均非出于其本人之手，所以琴曲歌辞的作品均删而不录。

杂曲歌辞

《乐府诗集》说:"汉、魏之世,歌咏杂兴,而诗之流乃有八名:曰行,曰引,曰歌,曰谣,曰吟,曰咏,曰怨,曰叹。皆诗人六义之余也。至其协声律,播金石,而总谓之杂(原无此字,今加)曲……杂曲者,历代有之,或心志之所存,或情思之所感,或宴游欢乐之所发,或忧愁愤怨之所兴,或叙离别悲伤之怀,或言征战行役之苦,或缘于佛老,或出自夷虏,兼收备载,故总谓之杂曲。"

所以杂曲歌辞的内容十分广泛,其中列为汉代的作品有十五篇:一、马援的《武溪深行》,二、傅毅的《冉冉孤生竹》,三、张衡的《同声歌》,四、辛延年的《羽林郎》,五、宋子侯的《董娇饶》,六、繁钦的《定情诗》,七、无名氏的《蜨蝶行》,八、无名氏的《驱车上东门行》,九、《伤歌行》,十、《悲歌行》,十一、《前缓声歌》,十二、《孔雀东南飞》,十三、《枯鱼过河泣》,十四、《枣下何攒攒》,十五、《行胡从胡方》等。

秦女休行

始出上西门，遥望秦氏庐。

秦氏有好女，自名为女休。

休年十四五，为宗行报雠。（雠通仇）

左执白杨刃，右据宛鲁矛。

雠家便东南，仆僵秦女休。

女休西上山，上山四五里。

关吏呵问女休，女休前置辞：

平生为燕王妇，于今为诏狱囚。

平生衣参差，当今无领襦。

明知杀人当死，兄言快快，

弟言无道忧。

女休坚持为宗报雠，死不疑。

杀人都市中，徼我都巷西。

丞卿罗列东向坐，女休凄凄曳梏前。

两徒夹我，持刀刀五尺余。

刀未下，朣胧击鼓赦书下。

【语译】

走出上西门，遥见了秦氏的屋庐。

秦氏有位好女子，取名叫女休。

女休年纪十四五，为了家人去报仇。

左手拿着白杨刃，右手提着宛鲁矛。

仇家在城东南，被女休所毙杀。

女休逃到西郊的山上，上了山四五里。

关吏责问女休，女休上前说：

"平日是燕王的媳妇，如今变成了诏狱的死囚。

平日衣饰五彩参差，如今穿着没领的短襦。

明明知道杀人当死，哥哥的言辞激愤，

弟弟以皇上的失道而忧虑。

女休坚持要替家人报仇，死也不迟疑。"

杀人在都市之中，被捕在都巷之西。

廷尉罗列东向而坐，女休悲凄地拖曳着桎梏而前。

两人夹持着我（女休），手上还拿着五尺多的长刀。

当刀还没落下，嘭嘭然的击鼓声中传来了赦书。

【赏析】

据《乐府诗集》所载，此诗的作者是左延年，他的生平无所考，《宋书·乐志》说他"妙善郑声"；《晋书·乐志》说："黄初中左延年以新声被宠。"李白集《秦女休行》原注说："延年为协律都尉。"可见他是汉代的一名音乐家。

这首诗的大意是说：秦女休是燕王的妻子，为了替宗族报仇，终被囚系，但在行刑之前，却被赦免。据萧涤非《汉魏六朝乐府文学史》说："自东汉之末，私人报仇之风特炽，贤士大夫又往往假以言辞，遂致不可遏抑。如《后汉书》六十一《苏不韦传》：'不韦父谦，为李暠所害，不韦乃凿地达暠寝室，杀其妻儿，复驰往魏郡掘其父阜冢，以阜头祭父坟，又标之于市曰：李君迁父头。暠坟恚发病呕血死。士大夫多讥不韦发掘冢墓，归罪枯骨，不合古义。唯任城何休，方之伍员。太原郭林宗则谓子胥凭阖庐之威，因轻悍之卒，岂如苏子单特孑立，靡因靡资，力唯匹夫，功隆千乘，方之于员，不已优乎？议者于是贵之。'（有删节）又如《三国志》二十四《韩暨传》：'暨庸赁积资，阴结死士，遂擒陈茂，以首祭父墓。由是显名。'夫复仇非以名高者也，而名由是显，则当时习俗可知。故魏子当即位之初，即下诏禁绝。《魏志》二：'黄初四年，诏曰：今海内初定，敢有私复仇者皆族之。'观此一诏，则其风尤可见。延年此篇之作，及所咏之事，并当在黄初四年以前，亦足以观一时之风俗焉。"

又曹植的《鼙鼓歌·精微篇》中，也提到了秦女休为父复仇的故事：

关东有贤女，自字苏来卿。

壮年报父仇，身没垂功名。

女休逢赦书，白刃几在颈。

太仓令有罪，自悲居无男。

祸至无与俱，缇萦痛父言，何儋西上书。

可见"秦女休报仇"的故事，在东汉末年已经流行，曹植以她来和关东苏来卿、缇萦救父事并举。

再者，《秦女休行》的开始几句和《陌上桑》的"日出东南隅，照我秦氏楼，秦氏有好女，自名为罗敷"数句相似。《陌上桑》是东汉顺帝时的民歌，则《秦女休行》当亦在此时。

到了晋代，傅玄（217—278）也仿作一首《秦女休行》：

庞（一作秦）氏有烈妇，义声驰雍凉。

父母家有重怨，仇人暴且强。

虽有男兄弟，志弱不能当。

烈女念此痛，丹心为寸伤。

外若无意者，内潜思无方。

白日入都市，怨家如平常。

匿剑藏白刃，一奋寻身僵。

身首为之异处，伏尸列肆旁。

肉与土合成泥，洒血溅飞梁。

猛气上干云霓，仇党失守为披攘。

一市称烈义，观者收泪并慷慨。

百男何当益，不如一女良，

烈女直造县门，云父不幸遭祸殃。

今仇身以分裂，虽死情益扬。

杀人当伏法，义不苟活骊旧章。

县令解印绶，令我伤心不忍听。

刑部垂头塞耳，令我吏举不能成。

烈著希代之绩，义立无穷之名。

夫家同受其祚，子子孙孙咸享其荣。

今我弦歌吟咏高风，激扬壮发悲且清。

比较两首诗的显著不同，是后者由十四五岁的女子变成了烈妇；由"为宗报仇"变成了"父母家有重怨"；由杀人后"西上山"被"关吏呵问"变成了烈女杀人后，前往县门白首；由"丞卿罗列东向坐"的讯问，变成了"县令解印绶"；由临刑刀下遇赦书，变成了"烈著希代之绩，义立无穷之名"。

这种演变的现象，胡适在《白话文学史》第六章中有所说明。他说：

"依此看来，我们可以推想当日有一种秦女休的故事流行在民间。这个故事的民间流行本大概是故事诗。左延年与傅玄所作秦女休行的材料，都是大致根据于这种民间的传说的。这种传说——故事诗——流传在民间，东添一句，西改一句，'母题'（Motif）虽未大变，而情节已大变了。左延年所采的是这个故事的前期状态，傅玄所采的已是它的后期状态了，已是'义声驰雍凉'以后的民间故事了。流传越久，枝叶添得越多，描写得越细碎。故傅玄写烈女杀仇人与自首两点，比左延年详细的多。"

后来唐代李白也有仿作，不过内容并无更新，那已经只是改作的诗而已。

诗中"白杨刃"就是白杨刀，《淮南子》："羊头之销。"高诱注："白羊子刀也。"（羊通杨）宛是地名，在南阳，《荀子·议兵》篇："宛巨铁釶。"杨倞注："大刚曰巨，釶，矛也。"足见宛鲁出矛。

【原诗】

驱车上东门行

驱车上东门，遥望郭北墓。

白杨何萧萧，松柏夹广路。

下有陈死人，杳杳即长暮。（陈一作冻）

潜寐黄泉下，千载永不寤。

浩浩阴阳移，年命如朝露。

人生忽如寄，寿无金石固。

万岁更相送，贤圣莫能度。

服食求神仙，多为药所误。

不如饮美酒，被服纨与素。

【语译】

驾车来到上东门，遥望郭北的丘墓。

白杨木随风飘摇，松柏夹生在墓边的通路。

墓下有亡故多时尸骨，幽冥中尽是漫长的夜幕。

深藏在黄泉之下，千载后也不能醒寤。

四时像流水般消移，年命有如清晨的雨露。

人生飘忽有如寄旅，寿命绝无金石般坚固。

千年万岁后更须相送，圣贤也不能超度。

服食求做神仙，却多被药石所误。

不如畅饮美酒，穿着绸纨和绢素。

【赏析】

　　这是一首对生命的短暂、虚无感触很深的诗。所以作者有一种强烈的及时行乐的消极人生观。《乐府诗集》题为"古辞"，就内容看当是东汉时的作品。诗中"广路"之"广"字当做"圹"，"圹路"就是墓道。从东门遥望北郭外的墓场，但见摇曳的白杨树和墓道旁的松柏，墓中则是久已亡故的死人，不觉令人兴起生命如朝露般短暂的悲感。古人死亡多埋于郭北，如晋陆机《驾言出北阙行》说："驾言出北阙，踯躅遵山陵。长松何郁郁，丘墓互相承。"于是作者又从死亡想到服食求仙，以求长生不死。可是药石并不能真正使人不死，于是暂时麻醉愁绪的酒就成了文人解脱痛苦的唯一寄托，正如曹操《短歌行》中所说："对酒当歌，人生几何？譬如朝露，去日苦多。慨当以慷，忧思难忘，何以解忧？惟有杜康。"

【原诗】

伤歌行

昭昭素明月，辉光烛我床。

忧人不能寐，耿耿夜何长。

微风吹闺闼（tà），罗帷自飘扬。

揽衣曳长带，屣履下高堂。

东西安所之，徘徊以彷徨。

春鸟翻南飞，翩翩独翱翔。

悲声命俦匹，哀鸣伤我肠。

感物怀所思，泣涕忽沾裳。

伫立吐高吟，舒愤诉穹苍。

【语译】

亮丽素洁的明月，辉光烛照我的卧床。

忧心使人不能寝寐，夜何以竟如此久长！

微风吹开了闺中的门闼，罗帷自动地飘扬。

揽起上衣拖曳着长带，穿上鞋履步下高堂。

东方西方何处是我所往？令人徘徊且彷徨。

春鸟向南飞去，翩翩然独自翱翔。

悲伤的声调呼唤着同伴，哀痛的鸣叫伤我衷肠。

触物感伤令我怀想，不觉泪下沾湿了衣裳。

久立着吐声高唱，舒解悲愤上诉穹苍。

【赏析】

　　《乐府诗集》说："《伤歌行》，侧调曲也。古辞伤日月代谢，年命遒尽，绝离知友，伤而作歌也。"这首诗把一个人的寂寞、孤独而又无奈的心境刻画得十分透彻。它先用月光唤起寂寞感，再引出一位失眠的忧人，当微风吹进闺闼，也拨动了这位忧人的思绪，使他徘徊彷徨而不知何处依归。接着作者又借春鸟南飞，悲声哀鸣来激发忧人的泣涕沾裳。结尾用"舒愤诉穹苍"，衬托出人的渺小、无助。唐代张籍也有《伤歌行》之作，但却在为友朋的贬斥而歌（《全唐诗》注："元和中，杨凭贬临贺尉"），和原诗的自伤之辞是完全不同的。

【原诗】

悲歌行

悲歌可以当泣，远望可以当归。

思念故乡，郁郁累累。

欲归家无人，欲渡河无船，

心思不能言，肠中车轮转。

【语译】

悲哀的歌声可以充当哭泣，远望故乡可以代替归乡。

思念故乡，令人郁闷失意。

想回去家中却无亲人，要渡河却没有渡船。

心思不能表达，愁肠像车轮般辗转。

【赏析】

这是一首描写离乱社会中，无家可归的征人，心中的失意和怀乡情绪的诗。起首两句"当"字用得很妙。所谓"当泣"并不等于"泣"，那么悲歌依然不能像哭泣般可以纾解人的情绪。"当归"并不等于"归"，所以"远望"也并不能减少思归的心情，只是诗人聊以他物"画饼充饥"而已。这两句不但写出了诗人无可奈何而聊以自慰的心境，也为下文"欲归家无人，欲渡河无船"的不归原因下了伏笔。诗中"郁郁"是忧愁貌，"累累"是不得志貌。末句以车轮为喻，意念双关，肠中车轮转是谓无车可乘，却又写出了愁肠辗转的苦痛。唐代李白也有一首《悲歌行》：

悲来乎，悲来乎，主人有酒且莫斟，听我一曲悲来吟。

悲来不吟还不笑，天下无人知我心。

君有数斗酒，我有三尺琴，

琴鸣酒乐两相得，一杯不啻千钧金。

悲来乎，悲来乎，天虽长，地虽久，金玉满堂应不守。

富贵百年能几何，死生一度人皆有。

孤猿坐啼坟上月，且须一尽杯中酒。

悲来乎，悲来乎，凤鸟不至河无图，微子去之箕子奴，

汉帝不忆李将军，楚王放却屈大夫。

悲来乎，悲来乎，秦家李斯早追悔，虚名拨向身之外。

范子何曾爱五湖，功成名遂身自退。

剑是一夫用，书能知姓名。

惠施不肯千万乘，卜式未必穷一经。

还须黑头取方伯，莫谩白首为儒生。

诗中把历史上许多被屈谤的人物一一列出，聚集了天下可以"悲歌"的人物于一堂，已近乎史诗了。

【原诗】

羽林郎

昔有霍家奴，姓冯名子都。

依倚将军势，调笑酒家胡。

胡姬年十五，春日独当垆。

长裾连理带，广袖合欢襦。

头上蓝田玉，耳后大秦珠。

两鬟何窈窕，一世良所无。

一鬟五百万，两鬟千万余。

不意金吾子，娉（pīng）婷过我庐。

银鞍何煜爚（yuè），翠盖空踟蹰，

就我求清酒，丝绳提玉壶。

就我求珍肴，金盘脍鲤鱼。

贻我清铜镜，结我红罗裙，

不惜红罗裂，何论轻贱躯！

男女爱后妇，女子重前夫。

人生有新故，贵贱不相逾。

多谢金吾子，私爱徒区区。

【语译】

从前有个霍氏的家奴，姓冯名叫子都，

倚仗着将军的权势，调戏酒家中的胡女。

胡地的女子年纪十五，春日独自守着酒垆。

长裙上系着连理带，宽袖且衬着合欢花的短襦。

头上戴着蓝田美玉，耳后垂着大秦的明珠。

两鬟出色的美丽，简直是世上所无。

一鬟价值五百万，两鬟合计千万余。

不料来了个金吾子，和颜悦色地来访我酒垆。

镶银的马鞍光彩闪烁，翠羽的车盖久等踟蹰。

向我买清酒，提着丝绳缠系的玉壶，

向我买珍肴，金盘上盛着细切的鲤鱼。

他送我青铜的圆镜，结系在我红罗的衣襟，

不惜把红罗撕裂，怎能轻贱我的身躯！

男儿喜欢后妇，女子重视前夫，

人生虽然有新知故友，但贵贱的分际不能越逾。

多谢金吾子，你的厚爱只能留在我内心深处。

【赏析】

这首诗最早见于《玉台新咏》,《乐府诗集》署名作者是东汉辛延年,他的身世不详。本诗题为《羽林郎》,据《汉书·百官公卿表》:"武帝太初元年初置……建章营骑,后更名羽林骑。"颜师古注:"羽林,宿卫之官。言其如羽之疾,如林之多。一说:羽所以为主者羽翼也。"所以羽林军是皇家的禁卫军,羽林郎就是羽林军中的军官,也即诗中所指的金吾子。

朱乾《乐府正义》说:"汉以南北二军相制,南军卫尉主之,掌宫城门内之兵;北军中尉主之,掌京城门内之兵。武帝增制期门羽林,以属南军,增置八校以属北军,更名中尉为执金吾,南军掌宿卫,当时以二千石以上子弟及明经、孝廉、射策甲科、博士弟子高第及尚书奏赋、军功良家子充之;期门羽林亦以六郡良家子选给,未有如冯子都其人者。自太尉勃以北军除吕氏,于是北军势重。武帝用兵四夷,发中尉之卒,远击南粤。后又增置八校,募知胡事者为胡骑,知越事者为越骑。武骑纷然,将骄兵横,殆盛于南军矣。光武所以有'仕宦当至执金吾'之云也。题曰羽林郎,本属南军,而诗云金吾子,则知当时南北军制俱坏,而北军之害为尤甚也。案后汉和帝永元元年,以窦宪为大将军,窦氏兄弟骄纵,而执金吾景尤甚。奴客缇骑,强夺财货,篡取罪人妻,略妇女,商贾闭塞,如避寇雠。此诗疑为窦景而作,盖以往事讽今也。"

朱乾的说法自可成一家之说。窦氏兄弟事,见《后汉书·窦宪传》，传中有"有司畏懦，莫敢举奏"的话，可见窦氏权势之大。

全诗用说故事的方式平铺直叙，写出了一位酒家女子对羽林郎轻侮的反抗。首两句先写羽林郎的名姓，按《汉书·霍光传》："光爱幸监奴冯子都。"不过《玉台新咏》和《乐府诗集》中"奴"字作"姝"，丁福保《全汉三国晋南北朝诗》录此，以为应作"姝"，他说："古时士之美者亦曰姝。"闻一多从其说，以为冯子都当是弥子瑕一流人物，以男色邀霍氏之宠，二说可并存参。

胡姬出现以后，诗中就以大量篇幅描写胡姬的衣饰等，这正是乐府诗的特色之一，也可借此以了解汉代妇女的服饰情形：

"长裾连理带，广袖合欢襦。"汉代妇女平日的衣着，多半上身穿短襦，下身着长裙，短襦的袖口广一尺二寸，有时长及腰或过膝。瞿宣颖编《中国社会史料丛钞》即引此诗与《陌上桑》服饰以证汉代服装，汉时童谣《城中歌》也有"城中好广袖，四方用匹帛"的句子。

"头上蓝田玉，耳后大秦珠。"汉人有佩玉的习惯，妇女首饰也多用玉为之，据《长安志》："蓝田山在长安东南三十里，其山产玉，亦名玉山。"大秦是西域国名，《后汉书·西域传》："大秦土多金银奇宝，有夜光璧、明月珠。"闻一多以为"珠在耳后，则是簪两端之垂珠，非耳珰也。"

"两鬟何窈窕，一世良所无。"汉代妇女好把发型梳成两个鬟髻，如《城中歌》："城中好高髻，四方高一丈。""窈窕"是形容发髻的美观。

诗中当"金吾子"出现后，又用大量文笔描绘他的坐骑以及器用等，也都极尽华美："银鞍何煜爚"是形容他的坐骑，"银鞍"是镶银的马鞍，"煜爚"是光彩闪烁貌；"翠盖"是饰以翠羽的车盖；"玉壶""金盘"都以金、玉为之，是金吾子的器用。

当诗中叙述到金吾子拿出"青铜镜"赠予胡姬时，诗中气氛突然大变。"不惜红罗裂，何论轻贱躯"是胡姬拒绝豪奴之词，胡姬自称"轻贱躯"，一则是说明豪奴有轻贱自己的意思，一则也为下文"贵贱不相逾"的拒绝之词加上伏笔。而"男儿爱后妇"以下四句，更表明了胡姬事夫不二的坚贞，也斥责男子喜新厌旧的薄幸。结尾两句婉转圆润，既已拒绝对方，仍能表示感谢，而将这份情意留在私心之中，不失温柔敦厚。

后世又有《羽林行》《胡姬年十五》等，都是从《羽林郎》一诗脱化而出。

【原诗】

东飞伯劳歌

东飞伯劳西飞燕，黄姑织女时相见。

谁家儿女对门居，开颜发艳照里闾。

南窗北牖挂明光，罗帷绮帐脂粉香。

女儿年几十五六，窈窕无双颜如玉。

三春已暮花从风，空留可怜谁与同。

【语译】

> 向东飞的伯劳向西飞的燕，牵牛织女有时能相见。
>
> 谁家的儿女在对门居住，开朗的容颜艳光照耀里闾。
>
> 南窗北牖都挂着月光，罗帷绮帐中充满脂粉香。
>
> 女子年近十五六，窈窕无双容颜如玉。
>
> 春天已暮花随风而落，空留下可爱的春光与谁共赏。

【赏析】

　　《乐府诗集》以为古辞，《文苑英华》以为梁武帝作。梁武帝萧衍，"字叔达，小字练儿，南兰陵中都里人……生而有奇异，两髀骈骨，顶上隆起，有文在右手曰武帝。及长，博学多诵，好筹略，有文武才干，时流名辈，咸推许焉。"（见《梁书·武帝纪》）和三子萧纲、七子萧绎为当时诗坛领袖，以写宫体诗著名。

　　这一首收在《杂曲歌辞》，是描写一位貌美女子，延误青春的喟叹。首句"东飞伯劳西飞燕"是比喻二人不能相见，今所谓"劳燕分飞"一词就本于此。"黄姑""织女"都是星名，"黄姑"即牵牛星。民间传说牛郎织女，每年七夕还能相聚见一次面，虽然见面不容易，但比起诗中的女子连面也见不到，该是幸运多了。三、四两句写邻居女子的美貌，她的艳光照人间里皆知。五、六两句写女子的寂寞孤单，南窗北牖都只有高悬的月光相伴，空有罗帷绮帐的脂粉香却无人相惜。末四句写女子年可十五六，容颜如玉，只可惜空度春光，无法与人共赏。统观全诗，实际上是一首闺怨诗，与萧衍的诗风是十分相近的。

后来梁、陈间仿作很多。下录一首陈后主诗：

池侧鸳鸯春日莺，绿珠绛树相逢迎。

谁家佳丽过淇上，翠钗绮袖波中漾。

雕轩绣户花恒发，珠帘玉砌移明月。

年时二七犹未笄，转顾流眄鬌鬓低。

风飞蕊落将何故，可惜可怜空掷度。

和萧衍之作，结构上是一样的。

【原诗】

西洲曲

忆梅下西洲，折梅寄江北。

单衫杏子红，双鬓鸦雏色。

西洲在何处？两桨桥头渡。

日暮伯劳飞，风吹乌白树。

树下即门前，门中露翠钿（diàn）。

开门郎不至，出门采红莲。

采莲南塘秋，莲花过人头。

低头弄莲子，莲子青如水。

置莲怀袖中，莲心彻底红。

忆郎郎不至，仰首望飞鸿。

鸿飞满西洲，望郎上青楼。

楼高望不见，尽日栏干头。

栏干十二曲，垂手明如玉。

卷帘天自高，海水摇空绿。

海水梦悠悠，君愁我亦愁。

南风知我意，吹梦到西洲。

【语译】

想起梅花就去到西洲，折下梅花寄给情郎居住的江北。

穿着单衫正值杏子泛红，双鬓是雏鸦般的黑色。

西洲在哪里？打起两桨把桥头渡。

日暮时伯劳翔飞，风吹着乌臼树。

树下就是女子的门前，门中露出翠玉金花首饰。

开了门情郎却没有到，只好出门采红莲。

到南塘采莲时已是秋天，莲花高过了人头。

低下头拨弄莲子，莲子青色如水。

把莲怀藏在袖中，莲心彻底地变红。

想念情郎情郎却没到，仰起头盼望飞鸿。

鸿雁飞满在西洲，为盼望情郎登上青楼。

楼高却看不见，整日徘徊在栏杆头。

栏杆有十二重折曲，垂抚的双手明洁如玉。

天太高卷不上珠帘，海太阔摇不起绿波。

海水勾起我的长梦，你忧愁我也忧愁。

南风如知我的心意，请把我的梦魂吹到西洲。

【赏析】

　　《乐府诗集》把此首选入《杂曲歌辞》，题为"古辞"。而《玉台新咏》则以为江淹作。明、清人的古诗选本或以为晋辞，或以为梁武帝作。《古诗源》以为本篇"续续相生，连跗接萼，摇曳无穷，情味愈出"。就通篇内容看，我以为是一个女子的设想之词，所以起句以"忆"，结句用"梦"，"梅"与"西洲"对她与情郎想必有重大的意义，或者他们曾在西洲梅花下会晤过，如今忆起梅花就急于到西洲，可是情郎却在江北，所以只好折下梅花以寄情。唐代温庭筠《西洲曲》说："西洲风色好，遥见武昌楼。"所以西洲可能在武昌附近。而本诗中有"采莲南塘秋"句，则西洲与南塘也相近。据《唐书·地理志》："钟陵，贞元中又更名，县南有东湖，元和三年刺史韦丹开南塘斗门以节江水，开陂塘以溉田。"耿湋《春日洪州即事》："钟陵春日好，春水满南塘。"则南塘又在钟陵附近，即今江西省南昌市。

　　三句以下分春、夏、秋、冬四时以形容女子对情郎的相思。"单衫杏子红"正是春天，杏属蔷薇科，落叶乔木，春月次于梅而开花，五瓣，色白带红，似梅花而稍大，果实为核果，圆形，熟则色黄。"日暮伯劳飞，风吹乌臼树"是谓夏季。伯劳是鸣禽，亦称博劳，一名鵙（jú），《礼记·月令》说："仲夏鵙始鸣。"乌臼一作乌桕，落叶乔木，高二丈许，叶广卵形而尖，秋变红，夏开小黄花。诗中只说"风吹乌臼树"而不言"乌臼红经十度霜"（《圆圆曲》）之"红"，可知仍属夏季。而"采莲南塘秋"自是秋季。而"仰首望飞鸿"则已入冬了。

诗中"翠钿"是用翠玉做成或镶嵌成的首饰，"钿"是金花。"望飞鸿"不但是写景，鸿雁也是代表书信的意思。"青楼"是漆成青色的楼，此谓美人所居之地，后代才用来指妓院。

后来唐代温庭筠也有《西洲曲》之作，现录于下：

悠悠复悠悠，昨日下西洲，

西洲风色好，遥见武昌楼。

武昌何郁郁，侬家定无匹。

小妇被流黄，登楼抚瑶瑟。

朱弦繁复轻，素手直凄清。

一弹三四解，掩抑似含情。

南楼登且望，西江广复平。

艇子摇两桨，催过石头城。

门前乌臼树，惨淡天将曙。

鹍鶏（kūn jiá）飞复还，郎随早帆去。

回头语同伴，定复负情侬。

去帆不安幅，作抵使西风。

他日相寻索，莫作西洲客。

西洲人不归，春草年年碧。

【原诗】

长干曲

逆浪故相邀，菱舟不怕摇。

妾家扬子住，便弄广陵潮。

【语译】

迎面的风浪有意相邀，采菱的小舟不怕风摇。

妾家住在扬子江畔，随时可以拨弄广陵潮。

【赏析】

《乐府诗集》题为"古辞"，长干是地名，在今江苏南京江宁区。诗中"扬子"即扬子江，在今江都丹徒间之大江。广陵即今江都，古代此地以观潮著称，枚乘《七发》中所写即为广陵潮。后来唐崔颢、李白都有仿作，其流传之广都在古辞之上。下引崔颢诗四首中之二首：

君家定何处？妾住在横塘。

停舟暂借问，或恐是同乡。

家临九江水，去来九江侧。

同是长干人，生小不相识。

再引李白的《长干行》二首之一：

妾发初覆额，折花门前剧。

郎骑竹马来，绕床弄青梅。

同居长干里，两小无嫌猜。

十四为君妇，羞颜尚不开。

低头向暗壁，千唤不一回。

十五始展眉，愿同尘与灰。

常存抱柱信，岂上望夫台。

十六君远行，瞿塘滟（yàn）滪堆。

五月不可触，猿鸣天上哀，

门前迟行迹，一一生绿苔。

苔深不能扫，落叶秋风早。

八月蝴蝶来，双飞西园草。

感此伤妾心，坐愁红颜老。

早晚下三巴，预将书报家。

相迎不道远，直至长风沙。

董娇饶

洛阳城东路，桃李生路傍。

花花自相对，叶叶自相当。

春风东北起，花叶正低昂。

不知谁家子，提笼行采桑。

纤手折其枝，花落何飘飏。

请谢彼姝子，何为见损伤？

高秋八九月，白露变为霜。

终年会飘堕，安得久馨香。

秋时自零落，春月复芬芳。

何时盛年去，欢爱永相忘。

吾欲竟此曲，此曲愁人肠。

归来酌美酒，挟瑟上高堂。

【语译】

洛阳城东的大路，桃李生满在路旁。

花和花相互映衬，叶和叶彼此相当。

春风从东北方吹起，花叶忽低忽昂。

不知是谁家的女子，提着篮子去采桑。

纤细的手折着枝条，使花朵竟堕落飘扬，

请致意那位年轻的女子，为什么要把花损伤？

秋高气爽的八九月，白露都变成了霜。

年终时总会飘零，又怎能长久馨香。

秋天时固然会零落，春月时又再芬芳。

曾几何时盛年已消逝，欢爱的人也会把你遗忘。

我想唱完这首曲子，可是这曲子愁煞人肠。

归来酌杯美酒，挟着琴瑟登上高堂。

【赏析】

　　这首诗始见于《玉台新咏》，题为东汉宋子侯作，但宋氏的身世不详。诗题《董娇饶》是乐府旧题，在唐诗中大都把它用作美人的典故，且指歌姬而言，如杜甫《春日戏题恼郝使君》："细马时鸣金腰衰（niǎo），佳人屡出董娇饶。"温庭筠《题柳》："香随静婉歌尘起，影伴娇饶舞袖垂。"又《怀真珠亭》："珠箔金钩对彩桥，昔年于此见娇饶。"

　　此诗借花被女子的折损以映衬女子之被欢爱所遗弃。作者把花拟人化，于是在诗中，花、女子以及作者三人各有对答，使诗歌的变化益加曲折生动。为便于了解，我把诗分成五段：

　　第一段从"洛阳城东路"到"花落何飘飏"，是赋而比，表面铺叙洛阳城桃李盛开的情景，实际也象征女子盛年欢乐的影子。

　　第二段从"请谢彼姝子"下二句，是花对女子的问语。

　　第三段从"高秋八九月"以下四句，是女子的对答。

　　第四段从"秋时自零落"以下四句，是花的对答。

第五段从"吾欲竟此曲"到结尾，是作者自己插入的一段叙述。

从花与人的对答中，不难使我们感觉到花谢了会再开，而人过了盛年后，是永远也无法挽回的，所以人比花更悲哀，人更应懂得对花的珍惜与爱护。于是作者用"归来酌美酒，挟瑟上高堂"的消极态度作结。

这种以花拟人的技巧，不禁使人想起了杜牧的《叹花诗》：

自恨寻芳到已迟，昔年曾见未开时。
如今风摆花狼藉，绿叶成荫子满枝。

自古以来，诗人都好以花来象征女子，虽然有些地方十分恰当，但由于花的易谢，从此也使美女蒙上了一层凄美。

【原诗】

焦仲卿妻（一作《孔雀东南飞》）

孔雀东南飞，五里一徘徊。
"十三能织素，十四学裁衣，
十五弹箜篌，十六诵诗书，
十七为君妇，心中常悲苦。
君既为府吏，守节情不移。
贱妾留空房，相见常日稀。

鸡鸣入机织，夜夜不得息，

三日断五匹，大人故嫌迟。

非为织作迟，君家妇难为。

妾不堪驱使，徒留无所施。

便可白公姥（mǔ），及时相遣归。"

府吏得闻之，堂上启阿母：

"儿已薄禄相，幸复得此妇。

结发同枕席，黄泉共为友，

共事二三年，始尔未为久。

女行无偏斜，何意致不厚？"

阿母谓府吏："何乃太区区！

此妇无礼节，举动自专由。

吾意久怀忿，汝岂得自由。

东家有贤女，自名秦罗敷。

可怜体无比，阿母为汝求，

便可速遣之，遣去慎莫留！"

府吏长跪告："伏惟启阿母：

今若遣此妇，终老不复取！"

阿母得闻之，槌床便大怒：

"小子无所畏，何敢助妇语。

吾已失恩义，会不相从许！"

府吏默无声，再拜还入户。

举言谓新妇，哽咽不能语：

"我自不驱卿，逼迫有阿母。

卿但暂还家，吾今且报府。

不久当归还，还必相迎取。

以此下心意，慎勿违吾语。"

新妇谓府吏："勿复重纷纭。

往昔初阳岁，谢家来贵门。

奉事循公姥，进止敢自专？

昼夜勤作息，伶俜（pīng）萦苦辛。

谓言无罪过，供养卒大恩。

仍更被驱遣，何言复来还？

妾有绣腰襦，葳蕤（wēi ruí）自生光。

红罗复斗帐，四角垂香囊。

箱帘六七十，绿碧青丝绳。

物物各自异，种种在其中。

人贱物亦鄙，不足迎后人。

留待作遣施，于今无会因，

时时为安慰，久久莫相忘！"

鸡鸣外欲曙，新妇起严妆，

着我绣夹裙，事事四五通，

足下蹑丝履，头上玳瑁光。

腰若流纨素，耳着明月珰。

指如削葱根，口如含朱丹，

纤纤作细步，精妙世无双。

上堂谢阿母，母听去不止。

"昔作女儿时，生小出野里，

本自无教训，兼愧贵家子。

受母钱帛多，不堪母驱使，

今日还家去，念母劳家里。"

却与小姑别，泪落连珠子：

"新妇初来时，小姑始扶床，

今日被驱遣，小姑如我长。

勤心养公姥，好自相扶将。

初七及下九，嬉戏莫相忘。"

出门登车去，涕落百余行。

府吏马在前，新妇车在后。

隐隐何甸甸，俱会大道口。

下马入车中，低头共耳语：

"誓不相隔卿，且暂还家去。

吾今且赴府。不久当还归，

誓天不相负。"

新妇谓府吏：

"感君区区怀，君既若见录，

不久望君来。君当作磐石，

妾当作蒲苇，蒲苇纫如丝，

磐石无转移。我有亲父兄，

性行暴如雷。恐不任我意，

逆以煎我怀。"

举手长劳劳，二情同依依。

入门上家堂，进退无颜仪。

阿母大拊掌：

"不图子自归。十三教汝织，

十四能裁衣，十五弹箜篌，

十六知礼仪。十七遣汝嫁，

谓言无誓违。汝今无罪过？

不迎而自归。"

兰芝惭阿母：

"儿实无罪过。"阿母大悲摧。

还家十余日，县令遣媒来。

"云有第三郎，窈窕世无双。

年始十八九，便言多令才。"

阿母谓阿女："汝可去应之。"

阿女衔泪答："兰芝初还时，

府吏见丁宁，结誓不别离。

今日违情义，恐此事非奇。

自可断来信，徐徐更谓之。"

阿母白媒人：

"贫贱有此女，始适还家门。

不堪吏人妇，岂合令郎君。

幸可广问讯，不得便相许。"

媒人去数日，寻遣丞请还。

说有兰家女，承籍有宦官。

云有第五郎，娇逸未有婚。

遣丞为媒人，主簿通语言。

直说太守家，有此令郎君。

既欲结大义，故遣来贵门。

阿母谢媒人：

"女子先有誓，老姥岂敢言？"

阿兄得闻之，怅然心中烦。

举言谓阿妹："作计何不量？

先嫁得府吏，后嫁得郎君。

否泰如天地，足以荣汝身。

不嫁义郎体，其往欲何云？"

兰芝仰头答："理实如兄言。

谢家事夫婿，中道还兄门。

处分适兄意，那得自任专？

虽与府吏要，渠会永无缘。

登即相许和，便可作婚姻。"

媒人下床去，诺诺复尔尔。

还部白府君：

"下官奉使命，言谈大有缘。"

府君得闻之，心中大欢喜。

视历复开书，便利此月内。

六合正相应，良吉三十日。

"今已二十七，卿可去成婚。"

交语连装束，络绎如浮云。

青雀白鹄舫，四角龙子幡。

婀娜随风转，金车玉作轮。

踯躅青骢马，流苏金镂鞍。

赍钱三百万，皆用青丝穿。

杂彩三百匹，交广市鲑珍。

从人四五百，郁郁登郡门。

阿母谓阿女：

"适得府君书，明日来迎汝。

何不作衣裳，莫令事不举。"

阿女默无声，手巾掩口啼，

泪落便如泻。

移我琉璃榻，出置前窗下。

左手持刀尺，右手执绫罗。

朝成绣夹裙，晚成单罗衫。

晻晻日欲暝。愁思出门啼。

府吏闻此变，因求假暂归。

未至二三里，摧藏马悲哀。

新妇识马声，蹑履相逢迎。

怅然遥相望，知是故人来。

举手拍马鞍，嗟叹使心伤：

"自君别我后，人事不可量。

果不如先愿，又非君所详。

我有亲父母，逼迫兼弟兄。

以我应他人，君还何所望？"

府吏谓新妇："贺卿得高迁。

磐石方且厚，可以卒千年。

蒲苇一时纫，便作旦夕间。

卿当日胜贵，吾独向黄泉。"

新妇谓府吏："何意出此言？

同是被逼迫，君尔妾亦然。

黄泉下相见，勿违今日言。"

执手分道去，各各还家门。

生人作死别，恨恨那可论。

念与世间辞，千万不复全。

府吏还家去，上堂拜阿母：

"今日大风寒，

寒风摧树木，严霜结庭兰。
儿今日冥冥，令母在后单。
故作不良计，勿复怨鬼神。
命如南山石，四体康且直。”
阿母得闻之，零泪应声落：
“汝是大家子，仕宦于台阁。
慎勿为妇死，贵贱情何薄。
东家有贤女，窈窕艳城郭。
阿母为汝求，便复在旦夕。”
府吏再拜还，长叹空房中，
作计乃尔立，转头向户里，
渐见愁煎迫。
其日牛马嘶。新妇入青庐。
庵庵黄昏后，寂寂人定初。
“我命绝今日，魂去尸长留。”
揽裙脱丝履，举身赴清池。
府吏闻此事，心知长别离。
徘徊庭树下，自挂东南枝。
两家求合葬，合葬华山傍。
东西植松柏，左右种梧桐。
枝枝相覆盖，叶叶相交通。
中有双飞鸟，自名为鸳鸯。

256

仰头相向鸣，夜夜达五更。

行人驻足听，寡妇起彷徨。

多谢后世人，戒之慎勿忘。

【语译】

孔雀朝向东南飞，每到五里就迟疑徘徊。

"我十三岁能纺织绢素，十四岁学习裁缝成衣。

十五岁能弹箜篌，十六岁会诵诗书。

十七岁嫁作君妇，心中从此常常苦悲。

郎君既当了府史，恪守臣节一丝不移。

使贱妾独自留待空房，相见的日子越来越少。

我每天鸡叫时就上机纺织，夜夜不能休息。

三天就织成了五匹，大人还故意嫌迟。

其实并非织得慢，而是郎君家的媳妇难为。

妾不能胜任驱遣使唤，就是留下也一无所施。

可以立刻禀告公婆，趁早把我遣送回去。"

仲卿听到了消息，上了厅堂禀告阿母：

"儿已是薄禄的长相，幸亏能娶得兰芝这个媳妇。

结发夫妇同枕共席，到了黄泉也要互相为伴。

共同生活了二三年，恩爱才开始而不算久。

兰芝的行为并无偏斜，为什么对她不宽厚？"

阿母劝告仲卿："儿子啊，你为何这么固执!

这个妇人太没礼节，一举一动都自以为是。

我的心中早已生气，你岂能任凭自己主意。

东家有位贤淑的女子，名字叫秦罗敷，

体态可爱无比，阿母替你去央求。

这个妇人马上可以遣走，赶走她千万别逗留。"

仲卿久跪着说："我诚意地把想法禀告阿母，

今天如赶走兰芝，我就一生不再娶。"

阿母听了这种话，捶打着桌床大怒说：

"小子简直什么也不怕，竟敢帮助妇人说话。

我已不顾恩义，绝不会允许。"

仲卿默默无语，行个礼就走入屋里。

把全部的话都告诉了兰芝，悲痛得不能言语。

"我本没有想赶走你，可是有阿母的迫逼。

你但请暂时回家，我现在且到府衙。

不久我就会回来，回来时一定去接你，

就此安下心意，千万不要违背我的话。"

兰芝回答仲卿："不必再麻烦了。

往昔初春的时日，我辞家来到贵门。

做事都循顺公婆，进退举止哪敢自以为是。

昼夜勤劳地操作，不断地备尝辛苦。

可以说我并无罪过，也能供养公婆报答大恩。

现在却仍然被驱遣，还讲什么回来接我？

我有一件绣花的齐腰短襦，光彩亮丽十分美观，

红罗制成的复斗小帐，四角垂挂着香囊。

箱奁有六七十个，捆着青色的丝绳。

每件物色都不相同，各种东西都在其中。

如今人被轻视物也贱鄙，不配送给你要娶的新人。

留着有机会时送人，从此不会有见面的因缘，

盼你能时时得到安慰，久久不要把我遗忘。"

鸡叫时天就要露出曙光，兰芝已开始盛装打扮。

她穿着绣花的夹裙，每件事都安排四五遍。

脚下穿上丝绸做的鞋子，头上玳瑁簪闪闪发光。

腰身像摆动的纨素般轻盈，耳上挂着明月珠的耳环。

手指像刀削的葱根纤巧细嫩，嘴巴像含着朱丹般红润。

纤纤然踏出细步，姿态的美妙举世无双。

登上大堂辞别婆婆，婆婆任她离去也不留阻。

"从前做闺女的时候，生长在穷僻的乡里。

本来就缺乏教训，更愧做贵家的媳妇。

接受了婆家太多的聘礼，以致不能胜任阿母的驱使。

今日回娘家去，也会惦念阿母的操劳家务。"

再去和小姑道别，流下的眼泪像串串珠子：

"媳妇刚来时，小姑才扶着床学走路，

今日被驱遣时，小姑已经跟我一般长。

殷勤小心地奉养公婆，也要好好地照应自己健康。

每年七夕和每月十九，嬉戏时可别把我遗忘。"

出门登车离去，眼泪流个没完。

仲卿的马在前，兰芝的车在后。

车发出隐隐、甸甸的声响，都会集在大路口。

仲卿下马走进车中，低头向媳妇耳语：

"我发誓不会遗弃你，暂且回到家里去，

我现在还要到府衙，不久就回来接你，

对天发誓绝不负你。"兰芝回答仲卿：

"感激你诚挚的心意。你既然把我惦记，

不久后能盼望再见到你。你应像一块磐石，

我就是石旁的蒲苇。蒲苇柔韧如丝，

磐石坚贞不移。只是我有个胞兄，

性行暴躁如雷。恐怕不会随顺我心意，

预料他还会给我煎熬的痛苦。"

举手道别时忧伤不已，两人的离情依依。

兰芝回到娘家，进退都觉得没有颜面。

阿母大力地拍着手掌：

"没想到你自己一人回来。十三岁时教你织布，

十四岁时学会裁衣，十五岁能弹箜篌，

十六岁通晓礼仪，十七岁让你出嫁，

以为你们俩不会违背誓约。你如今犯了什么错？

不去接你却自己来归。"

兰芝愧对阿母：

"女儿实在没有犯错。"阿母听了大为悲伤。

回家十几天后，县令派人来说媒。

说有位三郎，他的英俊举世无双，

年纪才十八九，很会说话有口才。

阿母告诉兰芝："你可以去应答。"

阿女含着泪说："兰芝刚回来时，

仲卿一再叮咛，立下誓言永不分离。

今天如违背情义，恐怕这不是一件好事。

不如先拒绝了媒人的音讯，再慢慢地说明。"

阿母就告诉媒人：

"寒门有这个女儿，刚才回家门。

既不能做府吏的媳妇，又怎能配得上令郎君。

盼你能广泛地问讯，不宜就立刻允许。"

媒人去后数日，不久派去请示太守的县丞返还，

说有个兰家女子，承继了官宦的户籍，

又说太守家有个五郎，娇宠闲逸还没结婚。

派遣县丞做个媒人，叫主簿传达言语：

明白说太守家，有这样一位好郎君。

既想结亲事，所以派我来贵门。

阿母婉拒媒人：

"女儿先已有了约誓，老母怎敢多言？"

兰芝的哥哥听到了此事，心中怅然躁烦。

拿话告诉阿妹，"你心里怎么不多思量？

你先嫁给了府吏，再能嫁给郎君，

正如否极泰来有天渊之别，足以荣耀己身。

不嫁给好郎君，那么以后怎么打算？"

兰芝仰头回答："道理上确如阿兄所言，

离家出嫁侍奉夫婿，中途却回到了兄长家门。

一切处理都该照兄长的意思，我哪能自己专横？

虽然曾和府吏要约，恐怕和他相会永远没机缘。

可立即答应这门婚事，马上就去结婚。"

媒人下了床椅离去，口中连声诺诺。

回到衙署禀报府君：

"下官奉了使命，言谈中大有机缘。"

府君得到了消息，心中大为欢喜。

看日子又翻历书，就在本月内最相宜。

六合正好相配，良辰吉时就在三十日。

"今天已经是二十七，你可以去准备婚礼。"

府君交代从速装束，办事的人络绎如浮云。

画着青雀和九鹍的画舫，船舱的四角悬着龙的旗帜。

随风婀娜地旋转，是金车玉饰的车轮。

慢步的青骢马，有流苏雕金的马鞍。

送去的聘礼三百万，都用青丝绳贯穿。

各种色道的彩缎三百匹，还有交州广州买的鲑鱼海珍。

随从下人四五百，一大群登上郡门。

阿母告诉女儿：

"刚才得到府君的来书，明天就来迎娶。

何不赶快缝制新衣裳，别使事情办不成。"

兰芝默不作声，用手帕掩着嘴哭泣，

眼泪像水珠泻地。

移开琉璃榻，拿出放置窗下。

左手拿起剪刀和直尺，右手执着绫罗。

早晨制成绣花夹裙，傍晚缝了单里罗衫。

太阳已晻晻然昏暮，愁思满怀地出门啼泣。

仲卿听到这种变故，于是请假暂时归去。

走不到二三里，凄怆的气氛使马也悲哀。

兰芝能辨识马声，穿上鞋子出来相迎。

怅惘然遥遥相望，知道是故人前来。

举手拍着马鞍，嗟叹的声音使人心伤：

"自从你离我以后，人事的变化不可计量。

果然不如我俩的最初心愿，这又不是你所能详知。

我有亲生的父母，逼迫的还有弟兄。

已把我许配给他人，你虽回来了那还有什么希望。"

仲卿告诉兰芝："恭贺你攀上高枝。

我这磐石依然方正坚实，而且可以达到千年不变。

蒲苇只能一时坚韧，变化就在旦夕之间。

你当会一天比一天高贵，而我却独自走上黄泉。"

兰芝回答仲卿："何以说出此种话语，

我们同是被逼迫，你如此我也一样。

我们就在黄泉下相见，不要违背了今日的誓言。"

挥手分道而离去，各自回到家门。

活生生的人就要死别，这种怨恨又怎能抒论。

一心想和世间长辞，纵有千思万虑也不愿苟全。

仲卿回到家中，上堂拜别阿母：

"今天格外风寒，

寒风摧折了树木，严霜凝结了庭院的香兰。

儿今天已前途渺茫，恐怕母亲日后会孤单。

是我有意作不好的打算，也不必怨叹鬼神。

祝母亲寿命如南山巨石，四体健康且强壮。"

阿母听了这番话，眼泪应声而落：

"你是大家的子弟，先世仕宦在台阁。

千万不可为妇人而死，贵贱悬殊对她已不算薄。

东家有位贤淑的女子，美艳惊压全城郭。

母亲替你去求娶，旦夕之间就回复消息。"

仲卿再次向母亲拜别，回到房中长声叹息，

心意已经决定，转头走向屋里。

逐渐被忧愁煎逼。

当日就在牛马嘶鸣中，媳妇走进了婚礼的帐棚。

日薄西山的黄昏后，寂寂人声初定之时。

我的生命就断绝在今日，魂魄离去长留下冰冷的躯体。

提起衣裙脱下丝履，纵身跃入清冷的水池。

仲卿得到了消息，心中明白已永远别离。

徘徊在庭院的树下，自缢在东南方的丫枝。

他们死后两家企求合葬，合葬在华山之傍。

东西种上松柏，左右种上梧桐。

树枝覆盖着树枝，树叶交错着树叶。

其中有双比翼鸟，名字叫鸳鸯。

抬头相对鸣叫，夜夜都到五更。

行人驻足倾听，寡妇听了起床，心中感到彷徨。

多多告诫后代子孙，牢牢记住千万不可遗忘。

【赏析】

这首诗最早见于《玉台新咏》，题为《古诗为焦仲卿妻作》。作者为"无名氏"。前有一篇序文说："汉末建安中（汉献帝年号，196—219），庐江府小吏（闻一多《乐府诗笺》：汉庐江郡初治在安徽庐江县西一百二十里，汉末徙治今安徽潜山县。府小吏，太守府中小吏也）焦仲卿妻刘氏，为仲卿母所遣，自誓不嫁。其家逼之，乃投水而死。仲卿闻之，亦自缢于庭树。时人伤之，为诗云尔。"（郭茂倩《乐府诗集》所引与此小异）

郭氏《乐府诗集》收此诗于《杂曲歌辞》，题为《焦仲卿妻》，称"古辞"，并说："不知谁氏之所作也。"现在人则常取诗中第一句为题，称之《孔雀东南飞》。关于此诗的写作年代，历来有许多争论，根据原序，对时、地、人物的叙述十分明确，应该是汉末的作品。但此诗不见于《昭明文选》，而《文心雕龙》《诗品》中均未提及，所以后世也有人怀疑它是六朝人之作，如宋代刘克庄说："《焦仲卿妻》诗，六朝人所作也。"（《后村先生大全集》卷一七三《诗话前集》）不过民间乐府本为集体创作，在流传中，难免会不断地丰富和润饰，所以诗中不免会有汉以后的风格、习惯等描述羼入，不能因此就断定它为六朝人所作。至于它被《玉台新咏》所收，则表示这首诗最后写定是在徐陵（507—582）以前。

　　《孔雀东南飞》在我国的诗歌中，可说是一首最长、最伟大的五言故事诗，全文共三百五十七句，一千七百八十五字。如今为了对它了解的方便起见，笔者将其分成十六段：

　　第一段从"孔雀东南飞"到"及时相遣归"，写刘兰芝的教养以及嫁为君妇后，遭婆婆为难而有意求去的经过情形。诗中"孔雀东南飞，五里一徘徊"两句是起兴，汉乐府惯用此种手法，如《艳歌何尝行》"飞来双白鹄，乃从西北来"，《襄阳乐》"黄鹄彦天飞，中道郁徘徊"等。但是何以用孔雀起兴？据邱燮友先生的说法是：

　　"其实，'孔雀东南飞，五里一徘徊'两句，是从布匹上的花

266

饰起兴的。《太平御览》卷八二六《织部》，也保存有一段《古艳歌》的残文，与汉乐府的《艳歌何尝行》文句不同，其词云：

孔雀东飞，苦寒无衣。为君作妻，中心恻悲。

夜夜织作，不得下机。三日载匹，尚言吾迟。

"我们虽不知《古艳歌》产生的确实时代，但它所叙述的故事，跟《孔雀东南飞》是相同的。因此《孔雀东南飞》的头两句，显然与织锦有关，'孔雀'应该是布匹上的花饰。古代的布匹，曾有孔雀做花饰的，像隋丁六娘《十索曲》，有'裙裁孔雀罗，红绿相彦对'的句子。又梁简文帝《咏中妇织流黄》诗云：'浮云西北起，孔雀东南飞。'那更明显地这两句诗用来描写流黄上的花饰了。所以不论《孔雀东南飞》或是《古艳歌》，都从她善于织布叙起，那么从布匹上的花饰起兴，从孔雀说到织布，原是合理的手法。"

"箜篌"也作"空侯"，古弦乐器名，《隋书·音乐志》："今曲项琵琶，竖头箜篌之徒，并出自西域，非华夏旧器。"又载箜篌有"卧箜篌""竖箜篌"两种。据前人诗歌及诗话所载，箜篌有二十三弦，在乐器中最高且大。"守节情不移"句指府史，张玉谷说："言守当官之节，不为夫妇之情所移也。"可见焦仲卿是一位以工作为重的小吏，很少照顾家居生活，所以下文有"贱妾留空房，相见常日稀"之句。而且这也是兰芝与婆婆之间造成问题的关键，因为仲卿不常回家，自然婆媳之间的沟通失去桥梁。这段诗中写兰芝从十三岁到十七岁出嫁为止，懂得各种女红、乐器及诗书，她的教养不差是可以肯定的。这一段都是刘兰芝在诉说痛苦的心境。

第二段从"府吏得闻之"到"会不相从许"止，写仲卿知道兰芝要离去时，上堂和母亲争辩的情形。"结发"二句写出了夫妻之情，令人感动，"结发"犹言束发，指成年。按古制，男年二十而冠，女年十五而笄，从此之后就算成年。"共事"就是共同生活，"二三年"是指兰芝和仲卿结婚后才两三年，恩爱的生活开始才不久。"东家"两句中，"东家"泛指邻近的人家，并不一定是仲卿的东邻，而"秦罗敷"更是泛指一位比较出色的女子（见《陌上桑》）。

第三段从"府吏默无声"到"久久莫相忘"止，写府吏回户后和媳妇的对白，仲卿不得已安慰兰芝回娘家只是暂时安排，而兰芝心中早已明白既遭驱遣，何言复来还。诗中"新妇"犹言媳妇，并非专指新娘。黄生《义府》说："汉以还呼子妇为新妇。"《后汉书·何进传》说："张让向子妇叩头云：老臣得罪，当与新妇俱归私门。"《世说新语》："王浑妻钟氏云：若使新妇得配参军，生儿当不啻如此（原注：此自称新妇）。""初阳岁"指冬末春初之时。《史记·天官书》："凡候岁美恶，谨候岁始。岁始，或冬至日，产气（生气）始萌；腊（十二月八日）明日（十二月九日），人众卒岁，一会饮食，发阳气，故曰：初岁。""伶俜萦苦辛"，闻一多据《一切经音义》引《三苍》："伶俜犹联翩也，'縈'，旋绕。""绣腰襦"是绣花的齐腰短袄，《释名·释衣服》说："腰襦形如襦，其腰上翘，下齐腰也。""红罗复斗帐"，"斗帐"据《释名·释床帐》说："小帐曰斗帐，形如覆斗也。"用"红罗"为之。四角再重挂上香囊。"箱帘"之"帘"当作"奁"，《华严经音义》上引《珠丛》："凡庋（guǐ）物小器皆谓之奁。"所以"箱奁六七十"是指兰芝出嫁时陪嫁的首饰等物有六七十箱。"不足迎后人"中之"后人"指仲卿再娶的女子。此段诗中铺叙了兰芝初嫁时的种种服饰、妆奁等，以表明兰芝家在礼数上也都十分周全，则公姥的"久怀忿"，错自不在兰芝。

第四段从"鸡鸣外欲曙"到"涕落百余行"止，写兰芝出门回娘家时刻意装扮，谦逊辞行，并嘱咐小姑善待公姥。当出门登车时，已不觉泪下百行。"绣夹裙"是绣花有里的裙子；"玳瑁"即"瑇瑁"，是一种龟类动物，其甲可以制装饰品，此诗指玳瑁簪。"腰若流纨素"，古人往往好用"素"来形容女子的腰身纤细轻摆状，如宋玉《神女赋》："腰如束素"，曹植《洛神赋》："腰如约素"等。此用"流"字更加强女子腰身摆动的样子。"指如削葱根"的"削"字，本是形容人臂细长的状词，此处形容手指的尖细。"朱丹"是一种红宝石，《后汉书·西域传》载大秦国"土多金银奇宝，有夜光璧、明月珠、骇鸡犀、珊瑚、琥珀、琉璃、琅玕（gān）、朱丹、青碧。"此比喻女子唇色红艳。"初七及下九"句中"初七"指七夕，《荆楚岁时记》说："七月七日为牵

269

牛织女聚会之夜……是夕人家妇女结彩缕穿七孔针，或以金银鍮（tōu）石为针，陈瓜果于庭中以乞巧，有喜（蟢蛛）子网于瓜上，则以为符应。"下九"指每月十九日，是古代妇女结伴嬉戏的日子，朱乾《乐府正义》引《采兰杂志》："九为阳数，古人以二十九日为上九，初九日为中九，十九日为下九。每月下九，置酒为妇女之欢，名曰阳会……女子于是夜为藏钩诸戏，以待月明，有忘寐而达曙者。"诗中写兰芝的服饰和体态之美，一则强化兰芝的坚强性格，一则更使读者能同情兰芝，兴萌生仲卿何忍弃之的感觉。诗中又写兰芝临去时的谦逊告别，对公姥的惦念，更刻画出兰芝人格的善良。末尾写她与小姑的别离时犹追忆往事，更见她的感情敦厚，和小姑相处的融洽。

第五段从"府吏马在前"到"二情同依依"止，写兰芝仲卿相送时的话别与誓言。诗中"隐隐何甸甸"句中"隐隐"和"甸甸"都是形容车子的声音。诗中仲卿誓言虽然旦旦，可是兰芝却有隐忧，所以诗中有"我有亲父兄，性行暴如雷。恐不任我意，逆以煎我怀"的伏笔。

第六段从"入门上家堂"到"阿母大悲摧"止，写兰芝回到娘家，受到母亲斥责，实则并非自己之罪过。此段中阿母对兰芝从小的教养和第一段的叙述重复，是作者有意强调兰芝的被驱遣，是罪不在她的身上。

第七段从"还家十余日"到"不得便相许"止，写兰芝回到家才十余天，就有人来说媒，只是兰芝对仲卿情深，不肯应允。

第八段从"媒人去数日"到"老姥岂敢言"止，其中文字可能有脱误。于是各家说法纷纭。"说有兰家女"一句，旧说以为"兰"系"刘"之误，余冠英说："以上二句是县丞向县令建议另向兰家求婚，说兰家是官宦人家，和刘氏不同。"如此则下文又有第五郎提亲事显得唐突，总之此下必有脱误数句。就大意看，是县丞向县令建议另聘兰家女，可是后来太守却仍有意为第五子向兰芝求婚，但仍为所拒。

第九段从"阿兄得闻之"到"便可作婚姻"止，写兰芝兄长听到妹妹拒绝婚姻大为不满，加以责斥，而兰芝只得答应。诗中"义郎"是指太守的儿子。细玩兰芝何以竟会应允这门婚事？据陈祚明说："此女不特性刚，亦甚明智。见阿兄作此语，情知不可挽回，故更不作谢却语。至下文移榻裁衣，亦更不作不欲状。使人不疑，始得断然引决；勿令觉而防我，即难遂意。"张玉谷说："此时兰芝意不与兄一辩，具有深心。盖未仰头答时，其俯首沉思已久，太守上官，属吏势难与抗；阿兄戾性，大义更难与争。胸中判定一死，索性坦然顺之，不露圭角，为后得以偷出再会府吏地也。"

第十段从"媒人下床去"到"络绎如浮云"止，写府君得知兰芝应允，选择吉日，筹备婚礼。"六合正相应"句，按古人由于迷信，结婚必拣选时日，有所谓"冲""合"之说。"冲"是不利，"合"是利，"六合"，据《南齐书·礼志》说："五行说十二辰为六合，月建与日辰合也。"即子与丑合，寅与亥合，卯与戌合，辰与酉合，巳与申合，午与未合（参吴兆宜《玉台新咏》注引《蠡海集》）。

第十一段从"青雀白鹄舫"到"郁郁登郡门"止，铺叙太守的儿子迎娶时在水陆路乘坐舟船车乘之豪华，以及太守行聘之盛况。"青雀白鹄舫"即青雀舫和白鹄舫，都是达官贵人乘坐的画舫，船上绘着青雀、白鹄的形象。《方言》郭璞注："青雀，鹢鸟名也，今江东贵人船前作其像也。"又梁元帝《船名诗》："池模白鹄舞，檐知青雀归。""四角龙子幡"句中"四角"指船舱的四角，"龙子幡"是船上作装饰用的旗幡，大概上面画有龙形，悬在船舱的四角。《宋书·臧质传》言，质封始兴郡公，"之镇，舫千余乘，部伍前后百余里，六平乘并施龙子幡。"则"龙子幡"是仪仗一类。又江南民歌《襄阳乐》中一首说："上水郎檐篙，上水摇双橹，四角龙子幡，环环江当柱。"可见"龙子幡"是民歌中常用的词语。"蹢躅"犹"踟蹰"是说马踏步不前貌。"骢"，《说文》："马青白杂毛也。"青骢马即青白杂色的马。"流苏"，马饰，《文选》张衡《东京赋》注："流苏，五采毛杂之，以为马饰而垂之。""金镂鞍"用金属雕花为装饰的马鞍。"交"指交州，汉郡名，今广东、广西、越南等。"广"即广州，三国吴置，今广东省，交、广二地多海产。"鲑"，《集韵》："吴人谓鱼菜总称。""珍"，《后汉书·明帝纪》李贤注："谓肴羞之属。"所以"鲑珍"就是山珍海味。其实交、广离庐江相隔万里，诗人有意夸张写太守势派之大。

272

第十二段从"阿母谓阿女"到"愁思出门啼"止，写阿母把府君即将来聘的消息告知兰芝，兰芝心中痛苦，但却强忍而准备。诗中"琉璃榻"是坐卧之具，较床低矮。《释名·释床帐》："人所坐卧曰床……长狭而卑曰榻，言其榻然近地也。"用琉璃镶嵌之榻谓之"琉璃榻"。

第十三段从"府吏闻此变"到"千万不复全"止，写府吏得悉兰芝要再嫁时，请假回来和兰芝相见，互相为过去的誓言争辩，并决定一死以了余生。

第十四段从"府吏还家去"到"便复在旦夕"止，写府吏回家与阿母作别，母亲含泪劝阻府吏。诗中称府吏为"大家子"，又说"仕宦于台阁"。按《后汉书·仲长统传》："虽置三公，事归台阁。"李贤注："台阁，谓尚书也。""尚书"是宫中掌管机要文书的官，相当于后来的所谓"内阁"，此要"大家子"互文见义，指仲卿先世，曾仕官于台阁，所以称仲卿为"大家子"。

第十五段从"府吏再拜还"到"自挂东南枝"止，写就在兰芝结婚之日，她投身池中自杀，仲卿也自缢在庭树。诗中"牛马"应是复词偏义，单指马而已。"青庐"，用青布幔搭成的帐屋，犹今之"喜棚""彩棚"，是用以行婚礼的地方，唐段成式《西阳杂俎·礼异篇》："北朝婚礼，青布幔为屋，在门内外，谓之青庐，于此交拜迎妇。""人定初"，指夜深人初静之时。按："人定"犹"初更"或"定更"，《淮南子·天文训》："日……至于虞渊，是谓黄昏；至于蒙谷，是谓定昏。"《左传》杜注："人定为舆，黄昏为隶。"《象器笺》载："僧寺于初更五点后，经少时，鸣钟十八下，名为'定钟'，又名十八钟，正当亥时。凡坐禅至定钟而止。"《海录碎事》亦载柳公绰每日与子弟论文，至人定钟鸣，始就寝。"人定钟"当即"定钟"，亥时，约当今之夜间九时至十一时。

第十六段从"两家求合葬"到"戒之慎勿忘"止，写兰芝、仲卿死后合葬在华山旁的情形。"华山"一词，按《乐府诗集》卷四十六引《古今乐录》说："华山畿者，宋少帝时……南徐一士子，从华山畿往云阳，见客舍有女子，年十八九，悦之，无因，遂感心疾。母问其故，具以启母。母为至华山寻访，见女，具说。女闻，感之，因脱蔽膝，令母密置其席下，卧之，当已。少日，果差。忽举席，见蔽膝而抱持，遂吞食而死。气欲绝，谓母曰：葬时，车载从华山度！母从其意。比至女门，牛不肯前，打拍不动。女曰：且待须臾！妆点沐浴，既而出，歌曰：华山畿，君既为侬死，独活为谁施！欢若见怜时，棺木为侬开！棺应声开，女遂入棺。家人叩打，无如之何；乃合葬，呼曰神女冢。"因此，华山代表了殉情者的埋葬处所。闻一多说："华山盖庐江郡小山名，今不可考。"余冠英则说："今安徽省舒城县南二十五里有华盖山，也许就是本诗的华山。"

这首故事诗反映了古代社会婆媳之间冲突的问题，也是研究古代社会制度的珍贵资料。

【原诗】

冉冉孤生竹

冉冉孤生竹，结根泰山阿。

与君为新婚，菟丝附女萝。

菟丝生有时，夫妇会有宜。

千里远结婚，悠悠隔山陂。

思君令人老，轩车来何迟？

伤彼蕙兰花，含英扬光辉。

过时而不采，将随秋草萎。

亮君执高节，贱妾亦何为？

【语译】

一株柔弱下垂的独立竹子，盘根在泰山的曲隅。

我和郎君新婚，就像菟丝攀附着女萝。

菟丝有一定的生长时候，夫妇有一定聚会的时宜。

远涉千里去结婚，隔绝着悠远的山坡。

思念郎君使我老去，你的轩车来得为什么这么迟？

我为蕙兰花伤悲，它含苞吐出光辉。

如果过了时不加采撷，将随秋草枯萎。

诚信的郎君必能守节不移，贱妾又何必独自悲伤？

【赏析】

《乐府诗集》将本诗收在《杂曲歌辞》中，写女子新婚后与郎君久别的怨情。前两句，是诗中主人公自比，说明自己柔弱而又孤单，未出嫁时有如孤竹，盘结依赖着父母。"泰山"一作"大山"，魏明帝曹叡《种瓜篇》说："愿托不肖躯，有如倚大山。"此诗"泰山"象征父母。三、四句写女子出嫁后却反不得依靠，犹如菟丝攀附着女萝。因为菟丝是一种柔弱蔓生的植物，而女萝，古人或以为就是"菟丝"，或说是"松萝"。"松萝"也是一种柔弱的植物，菟丝本应攀附坚木而生长，如今依附女萝，以象征无所依靠的意思。五、六两句以"菟丝生有时"来比喻夫妇的相聚也应该有时。"轩车"是一种有屏障的车，古人大夫以上才能乘轩车。诗中女子的夫婿想必是在远地做官，迟迟不归，使她盼望不已。"伤彼蕙兰花"以下四句，是女子以蕙兰自比，"伤彼"也就是自伤。蕙兰的含苞和吐露光辉，正像女子的青春和光艳照人；蕙兰的芳香和颜色不能久存，也正如女子的青春美貌不能长有。末两句是女子自解自慰的话，丈夫既然能守节不移，做妻子的又何所自伤呢？

后来南朝宋代何偃有一仿作：

> 流萍依清源，孤鸟亲宿止。
>
> 荫轩相经荣，风波能终始。
>
> 草生有日月，婚年行及纪。

思欲依衣裳，关山分万里。

徒作春夏期，空望良人轨。

芳色宿昔事，谁见过时美？

凉鸟临秋竟，欢愿亦云已。

岂意倚君恩，坐守零落耳。

虽然文字和取譬不同，但内容是一样的。

【原诗】

武溪深行

滔滔武溪一何深，

鸟飞不度，兽不敢临。

嗟哉武溪兮多毒淫。

【语译】

水浪滔滔的武溪竟这么深，

鸟飞不过，野兽不敢临。

啊，武溪啊，有太多的恶毒险峻。

【赏析】

这首诗也叫《五陵深行》。崔豹《古今注》说："《武溪深》，马援南征之所作也。援门生爰寄生善吹笛，援作歌，令寄生吹笛以和之。名曰《武溪深》。"按：《后汉书·马援传》："建武二十四年，武威将军刘向击武陵五溪蛮夷，深入，军没。援因复请行，时年六十二……明年三月，进营壶头，贼乘高守隘，水疾，船不得上。会暑甚，士卒多疫死。援亦中病，遂困，乃穿案为室，以避炎气。贼每升险鼓噪，援辄曳足以观之，左右哀其壮意，莫不为之流涕。"此诗大概就作于此时。

后来南朝梁代刘孝胜也有一首《武陵深行》，文字已经大大敷衍、铺叙。现录于下：

武溪深不测，水安舟复轻。
暂侣庄生钓，还滞鄂君行。
櫂歌争后发，噪鼓逐前征。
秦上山川险，黔中木石并。
林壑秋籁急，猿哀夜月明。
澄源本千仞，回峰息万萦。
昭潭让无底，太华推削成。
日落野通气，目极怅余情。
下流曾不浊，长迈寂无声。
羞学沧浪水，濯足复濯缨。

【原诗】

定情诗

我出东门游，邂逅承清尘。

思君即幽房，侍寝执衣巾。

时无桑中契，迫此路侧人。

我既媚君姿，君亦悦我颜。

何以致拳拳？绾臂双金环。

何以致殷勤？约指一双银。

何以致区区？耳中双明珠。

何以致叩叩？香囊系肘后。

何以致契阔？绕腕双跳脱。

何以结恩情？佩玉缀罗缨。

何以结中心？素缕连双针。

何以结相于？金薄画搔头。

何以慰别离？耳后玳瑁钗。

何以答欢悦？纨素三条裙。

何以结愁悲？白绢双中衣。

与我期何所，乃期东山隅。

日旰（gàn）兮不至，谷风吹我襦。

远望无所见，涕泣起踟蹰。

与我期何所，乃期山南阳。

日中兮不来，飘风吹我裳。

逍遥莫谁睹，望君愁我肠。

与我期何所，乃期西山侧。

日夕兮不来，踟蹰长叹息。

远望凉风至，俯仰正衣服。

与我期何所，乃期山北岑，

日暮兮不来，凄风吹我衿。

望君不能坐，悲苦愁我心。

爱身以何为，惜我华色时。

中情既款款，然后克密期。

褰（qiān）衣蹑花草，谓君不我欺。

厕此丑陋质，徙倚无所之。

自伤失所欲，泪下如连丝。

【语译】

我走出东门畅游，无意间得亲足下的尘土。

盼望郎君来到闺房，为你侍奉寝卧执取衣巾。

我俩本无桑中的约会，只是路人偶然的亲近。

我既爱上郎君的风姿，郎君也欢喜我的容颜。

如何来表达爱慕之情？缠绕手臂上有一双金环。

如何来诉说殷勤？一双指环全是用银。

如何来表达心意？耳中一双明珠耳环。

如何来表达诚恳？香囊就系挂在肘后。

如何来表达久别的情愫？绕在腕上有一双手镯。

如何来结系恩情？美玉缀系在罗织的带缨。

如何来固结中心？素色的线缕上连着一双针。

如何来结交深厚？金箔上画了搔头。

如何来安慰离情？耳后挂着玳瑁的发钗。

如何来报答欢欣？纨素做的有三道花边的裙子。

如何来结系愁悲？白绢制的夹层双中衣。

和我期约在哪里？就约在东山的侧隅。

太阳已下山了仍旧没来，谷风吹动了我的短袄。

远望时什么也没看见，含泪地站起来久立。

和我期约在哪里？就约在山南的向阳地。

太阳已正中了仍旧没来，飘风吹动了我的下裳。

逍遥的日子从没见过，盼望郎君的日子使我愁肠。

和我期约在哪里？就约在西山的旁侧。

太阳已经下山了仍旧没来，使我徘徊叹息。

远望阵阵凉风已袭至，俯仰之间就要加衣服。

和我期约在哪里？就约在北山的高地。

太阳都已经没了仍旧没来，凄风吹袭开我的衣襟。

盼望郎君而坐立不安，悲苦愁凄了我的心。

你爱我的目的是什么？是爱我的青春华年时，

内心已流露出款款的情意，然后才定下约期。

提起衣襟踏过茂草，以为郎君不会把我欺，

如今我只有丑陋的姿容，彷徨无所可依，

自伤失去了所爱，眼泪落下有如不断的绢丝。

【赏析】

《乐府诗集》将此诗收集在《杂曲歌辞》，作者署名为繁钦。繁钦（？—218）字休伯，颍川（今河禹州市）人，曾为曹操掌书记，文辞巧丽。

又引《乐府解题》说："定情诗，汉繁钦所作也。言妇人不能以礼从人，而自相悦媚。乃解衣服玩好致之，以结绸缪之志。若臂环致拳拳，指环致殷勤，耳珠致区区，香囊致叩叩，跳脱致契阔，佩玉结恩情，自以为志而期于山隅、山阳、山西、山北。终而不答，乃自伤悔焉。"

诗中的主角是一位女子，她在无意中邂逅了一位男子，彼此男欢女爱而私订终身，不久女子色衰被弃，而悲悔不已。有人以为这是繁钦借题自伤之诗，因为钦与建安七子同时，而最为不得志，所以借女子之被弃以自喻。而且这也是一首反映汉代社会的写实诗。作者写此诗的用意，在规劝青年男女，两情相悦，必止乎礼，始乱者必终弃。不但可以为汉时男女戒，也可为后世男女戒。

诗题"定情"有镇定其情的意思，正如陶渊明的《闲情赋》是闲止其情的意思。

本诗在技巧上大多用直叙法，唯中段写男女定情时，反复比喻，十分突出。尤其诗中提到的汉代妇女的饰物，更是保存之珍贵的资料，如：从"绾臂双金环"句中得知汉代妇女有在手臂上戴金环的装饰；"约指"就是指环，除了金、玉之外也可以用银制成；妇女又有耳上戴明珠珰，肘后结繁香囊的习惯；至于"跳脱"就是臂钏，俗名镯子；罗织的缨带上还悬垂着美玉；还有金箔的发簪、玳瑁的钗；至于妇女的服装上，有纨素做的三绦裙。绦又名"偏诸"，是丝织的带子，可以用来做衣上的缘饰，如花边之类，"三绦裙"就是装饰着三道花边的裙子。又有白绢做的夹层"中衣"，"中衣"是近身的衣服，穿在小衣之外，大衣之内。

诗中"时无桑中契"是用《诗经·桑中》为典故，《桑中》是一篇写男女幽会的诗。

爰采唐矣，沬之乡矣。云谁之思？美孟姜矣。期我乎桑中，要我乎上宫，送我乎淇之上矣（此录一节）。

"无桑中契"就是彼此本无桑中的期约。诗中"素缕连双针"一句，意谓用白线穿双针，象征两心连接在一起。素色表示纯洁，线缕表示缠绵，针表示坚贞，一句话包含了三种意义。

《文选·洛神赋》李善注引繁钦诗有"何以消滞忧？足下双远游"两句，不见于今本《定情诗》中，可见《定情诗》中尚有脱文。

后来唐代乔知之有《定情篇》，施肩吾有《定情乐》等，都是从此衍生而出。

近代曲辞

郭茂倩《乐府诗集》说："近代曲者，亦杂曲也，以其出于隋、唐之世，故曰近代曲也。隋自开皇初，文帝置七部乐：一曰西凉伎，二曰清商伎，三曰高丽伎，四曰天竺伎，五曰安国伎，六曰龟兹伎，七曰文康伎。至大业中，炀帝乃立清乐、西凉、龟兹、天竺、康国、疏勒、安国、高丽、礼毕，以为九部，乐器工衣于是大备。唐武德初，因隋旧制，用九部乐。太宗增高昌乐、又造宴乐，而去礼毕曲。其著令者十部：一曰谯乐，二曰清商，三曰西凉，四曰天竺，五曰高丽，六曰龟兹，七曰安国，八曰疏勒，九曰高昌，十曰康国，而总谓之燕乐。声辞繁杂，不可胜纪。"

而其实，其中除清乐是出于清商三调，为华夏之正声，以及礼毕出自晋太尉庾亮外，其他都是外国输入的夷乐。所以朱建新说："近代曲实际与郭氏所录杂曲有别，以改名新曲为是。"又说："其实它的性质和《乐府诗集》所录杂曲有些不同，其中有为贵族特制的，有国外输入的，有民间采进的，它是包含着三方面的，而且由政府正式修订颁行，和杂曲之但凭巷陌流传，文人述作，自然不同。"

近代曲辞多为唐人作品，除了它有乐府调名和乐府诗之特有风格情趣外，后人已多把它们目为"唐诗"而已，所以此处仅录数首以略备一格而已。

【原诗】

清平调　三首

云想衣裳花想容，春风拂槛露华浓。
若非群玉山头见，会向瑶台月下逢。

一枝红艳露凝香，云雨巫山枉断肠。
借问汉宫谁得似，可怜飞燕倚新妆。

名花倾国两相欢，长得君王带笑看。
解释春风无限恨，沉香亭北倚阑干。

【语译】

看到云就想起你的衣裳，看到花就想起你的面容。
春风吹拂着窗槛，花上的露水正浓。
若非在群玉山头曾与你相见，
必定会在月光下的瑶台相逢。

一枝红艳花朵上的露水正凝聚了芳香，

巫山的朝云暮雨使人枉然断肠。

借问汉宫之中谁能和她相似，

当可爱的飞燕正敷上新的粉妆。

名花和美人两者都被人喜欢，

时时能得到君王带笑的观看。

若要化解春风中带来的无限怅恨，

就在沉香亭北斜倚阑干。

【赏析】

《乐府诗集》引《松窗录》说："开元中，禁中重木芍药。会花方繁开，帝乘照夜白，太真妃以步辇从，李龟年以歌擅一时之名。帝曰：'赏名花，对妃子，焉用旧乐辞为！'遂命李白作《清平调》辞三章，令梨园弟子略抚丝竹以促歌，帝自调玉笛以倚曲。"帝即玄宗。

这《清平调》三首是李白被吴筠推荐到长安时所作，那时贺知章读了他的诗后，曾叹为天上谪仙子。玄宗很优宠他，他过的是极度狂放的生活，相传有"龙巾拭吐""御手调羹""力士脱靴""贵妃捧砚"等种种风流故事。在这时期，他作了不少典雅美丽的诗歌，其中最脍炙人口的，就是这三首《清平调》。

第一首，用云写贵妃的衣裳，用花衬贵妃的容貌，用群玉山

286

头的西王母，瑶台下的简狄等神话故事，以比太真，给人一种似曾相见的朦胧美感及神秘色彩。群玉山即玉山，《山海经》："玉山是西王母所居也。""瑶台"见《楚辞·离骚》："望瑶台之偃蹇兮，见有娀之佚女。"王逸注："有娀国名。佚，美也。谓帝喾之妃契母简狄也。"

第二首，用红艳凝香比贵妃，用巫山的云雨写贵妃的多情，用新妆后的赵飞燕比太真的美。据宋玉《高唐赋》："昔者先王尝游高唐，怠而昼寝，梦见一妇人曰：'妾巫山之女也，为高唐之客，闻君游高唐，愿荐枕席。'王因幸之。去而辞曰：'妾在巫山之阳，高丘之阻，朝为行云，暮为行雨。'"飞燕，赵氏，为汉成帝宫人，以体轻，号为"飞燕"，后来立为后。

第三首，将名花和倾国美人并比，名花就是木芍药，即今牡丹。倾国指太真妃。沉香亭以沉香木造成，如柏梁台香柏所建，春风带来的不是真的恨，而只是一股恼人春意而已，所以化解的方法，唯有在沉香亭一睹太真之风采即可。

据说这首赞美贵妃的《清平调》并未替李白带来好运，韦叡的《松窗录》说："……会高力士终以脱靴为深耻，异日太真妃重吟前词，力士戏曰：'比以妃子怨李白深入骨髓，何反拳拳如是？'太真妃惊曰：'何翰林学士能辱人如斯？'力士曰：'以飞燕指妃子，是贱之甚矣！'太真妃深然之，上尝三欲命李白官，卒为宫中所捍而止。"

不过长安的几年生活，仍是李白所念念不忘的，他后来回忆

287

这段日子说："昔在长安醉花柳，五侯七贵同杯酒。气岸遥临豪士前，风流肯落他人后，夫子红颜我少年，章台走马着金鞭，文章献纳麒麟殿，歌舞淹留玳瑁筵。"（《流夜郎赠辛判官》）可是由于浪漫行为和不羁思想的关系，他终难成为廊庙之材。

【原诗】

渭城曲

渭城朝雨浥轻尘，客舍青青柳色新。

劝君更尽一杯酒，西出阳关无故人。

【语译】

渭城的朝雨润湿了轻扬的沙尘，

客舍外青葱茂密的柳色焕然一新。

劝君再干一杯饯行酒，

西出了阳关就再没有故旧友人。

【赏析】

《乐府诗集》说："《渭城》一曰《阳关》，王维之所作也。本《送人使安西》诗，后遂被于歌。刘禹锡《与歌者》诗云：'旧人唯有何戡在，更与殷勤唱渭城。'白居易《对酒》诗云：'相逢且莫推辞醉，听唱阳关第四声。'阳关第四声，即'劝君更尽一杯酒，西出阳关无故人'也。'渭城''阳关'之名，盖因辞云。"

"渭城"在今陕西省西安市西北，为王维替元二饯别的地方；"阳关"为古代关名，在今甘肃省敦煌市西北，此诗是唐人送别诗中最具深情厚谊的一首，在唐时已经相当流行，传唱一时。

【原诗】

竹枝　四首

山桃红花满上头，蜀江春水拍江流。
花红易衰似郎意，水流无限似侬愁。

江上朱楼新雨晴，瀼（ràng）西春水縠（hú）文生。
桥东桥西好杨柳，人来人去唱歌行。

瞿塘嘈嘈十二滩，此中道路古来难。
长恨人心不如水，等闲平地起波澜。

巫峡苍苍烟雨时，清猿啼在最高枝。
个里愁人肠自断，由来不是此声悲。

【语译】

　　山桃的红花开满在山头，
　　蜀江的春水拍击着江岸长流。
　　花红了容易衰败就有似郎的情意，

水流永不停止就有如我的忧愁。

江上朱楼衬映在新雨的初晴，
瀼西的春水上绉纱般的波纹缘溪而生，
桥东桥西尽是好美的杨柳，
人来人去都唱着乐府歌行。

瞿塘峡有十二处急湍的险滩，
其中的道路自古以来就多阻难。
常常痛恨人心不如流水，
无缘无故在平地上掀起波澜。

巫峡在烟雨中苍苍茫茫，
清脆的猿啼来自树丛的最高枝。
其中多少事令人忧愁肠断，
却并不是由于此猿声的凄凉。

【赏析】

《乐府诗集》说："《竹枝》，本出于巴渝。唐贞元中，刘禹锡
在沅湘，以俚歌鄙陋，乃依骚人《九歌》作《竹枝》新辞九章，
教里中儿歌之，由是盛于贞元、元和之间。禹锡曰：'竹枝'，巴
歈也。巴儿联歌，吹短笛，击鼓以赴节。歌者扬袂睢舞，其音协

黄钟羽。末如吴声，含思宛转，有淇濮之艳焉。"

此处只选九首中之四首。第一首前两句，以红花和春水起兴。红花盛开的时间短暂以兴起第三句郎君的情意易衰，春水的绵绵不断以兴起第四句侬的惆怅无限。

第二首写瀼西的春景和踏青人潮的来往热闹。瀼西，地名，即在今重庆奉节县。

第三首写瞿塘峡的险峻，并兼叙人心的撩拨不定。所以说"人心不如水"，水虽湍急，偶也能持平，而人心则不然。

第四首写巫峡的猿啼虽然使人伤感，但真正的悲凄却不在猿声，而在诗人之心境之中。

刘禹锡在王叔文失败后，即坐贬连州刺史，后来相继到过朗州、播州，幸得裴度奏议说他的母亲年老，才改授连州刺史。连州即在今四川筠连县境，《竹枝》当即写于此时。除了以上九首外，《乐府诗集》另有二首，是极富情趣的情歌，仿吴歌格调。现抄录于下：

杨柳青青江水平，闻郎江上唱歌声。
东边日出西边雨，道是无晴却有晴。

又：

楚水巴山江雨多，巴人能唱本乡歌，

今朝北客思归去，回入纥那披绿罗。

杨柳枝　二首

一树春风万万枝，嫩于金色软于丝。
永丰西角荒园里，尽日无人属阿谁！

苏州杨柳任君夸，更有钱塘胜馆娃。
若解多情寻小小，绿杨深处是苏家。

【语译】

春风一到满树的柳条万万枝，
比黄金的色彩更嫩，柔软胜过绢丝。
在永丰坊西角的荒芜庭园里，
尽日无人，不知欣赏它的竟是谁！

苏州的杨柳可以任君赏夸，
更有钱塘的胜过馆娃。
若要善解情意就去找苏小小，
绿杨树丛的深处就是苏家。

【赏析】

前一首《杨柳枝》是白居易在洛阳时所作。据孟棨《本事诗》说:"白尚书有妓善歌,小蛮善舞。尝为诗曰:'樱桃樊素口,杨柳小蛮腰。'年既高迈,而小蛮方丰艳,乃作《杨柳枝》辞以托意曰:'永丰西角荒园里,尽日无人属阿谁!'及宣宗朝,国乐唱是辞。帝问谁辞,永丰在何处?左右具以对。时永丰坊西南角园中有垂柳株,柔条极茂,因东使命取两枝植于禁中。居易感上知名,且好尚风雅,又作辞一章云:'定知玄象今春后,柳宿光中添两星。'河南尹时亦继和。"

后一首则选自白居易另外《杨柳枝》八首之一。诗中借苏、杭的杨柳以比西施和苏小小。西施是春秋时越之美女,越王勾践进献给吴王,吴王尝居西施在馆娃宫,馆娃在今苏州吴中区西南灵岩山上,而苏小小为南齐时钱塘名妓,所以"苏州""馆娃"比"西施","钱塘"比苏小小。诗中有"更有钱塘胜馆娃"句,则白居易心目中西施犹不及小小。

【原诗】

金缕衣

劝君莫惜金缕衣,劝君惜取少年时。

花开堪折直须折,莫待无花空折枝。

【语译】

奉劝你不要爱惜金缕衣，

奉劝你要爱惜少年时光。

花开了能折就赶快折，

不要等到花谢时空折枝。

【赏析】

《乐府诗集》署为李锜作，而《樊川文集》卷一《杜秋娘诗》注引《劝君莫惜金缕衣》诗，称"李锜长唱此辞"，不说是李锜作，《全唐诗》以为无名氏作，蘅塘退士题为杜秋娘作。

此诗在劝人珍惜年少的青春时光。"金缕衣"是用金线织成的衣裳。自然价格昂贵，不过昂贵总是有价，不如年少青春之无价，而且一去永不复返。所以美好的光阴，就像花的盛开般短暂，应该及时把握，善加利用，不要蹉跎岁月，待花谢了，才空折花枝。全诗明白浅畅，却能濯人心脾，发人深省。

杜秋娘是金陵（今南京）女子，年十五为锜妾。锜灭籍入宫，穆宗命为皇子傅姆。漳王废，赐归故里。新旧《唐书》均无传，唯杜牧的《杜秋娘诗》并序，对她的记叙十分详尽。今抄录于下：

杜秋，金陵女也。年十五，为李锜妾，后锜叛灭，籍之入宫，有宠于景陵。穆宗即位，命秋为皇子傅姆，皇子壮，封漳王。郑注用事，诬丞相欲去异己者，指王为根，王被罪废削，秋因赐归故乡。予过金陵，感其穷且老，为之赋诗。

京江水清滑，生女白如脂，其间杜秋者，不劳朱粉施。

老濞即山铸，后庭千双眉。秋持玉斝醉，与唱金缕衣。

濞既白首叛，秋亦红泪滋。吴江落日渡，灞岸条杨垂。

联裾见天子，盼眄独依依。椒壁悬锦幕，镜奁蟠蛟螭。

低鬟认新宠，窈袅复融怡。月上白璧门，桂影凉参差。

金阶露新重，闲捻紫箫吹。莓苔夹城路，南苑雁初飞。

红粉羽林仗，独赐辟邪旗。归来煮豹胎，餍饪不能饴。

咸池升日庆，铜雀分香悲。雷音后车远，事往落花时。

燕禖得皇子，壮发绿緌緌（ruí）。画堂授傅姆，天人亲捧持。

虎睛珠络褓，金盘犀镇帷。长杨射熊罴，武帐弄哑咿，

渐抛竹马剧，稍出舞鸡奇。斩斩整冠佩，侍宴坐瑶池，

眉宇俨图画，神秀射朝辉。一天相偶人，江充知自欺。

王幽茅土削，秋放故乡归。舳舻拂斗极，回首尚迟迟。

四朝三十载，以梦复疑非。潼关识旧吏，吏发已如丝。

却唤吴江渡，舟人那得知。归来四邻改，茂苑草菲菲。

清血洒不尽，仰天知问谁？寒衣一匹素，夜借邻人机。

我昨金陵过，闻之为欷歔。自古皆一贯，变化安能推。

夏姬灭两国，逃作巫臣姬。西子下姑苏，一舸逐鸱夷。

织室魏豹俘，作汉太平基。误置代籍中，两朝尊母仪。

光武绍高祖，本系生唐儿。珊瑚破高齐，作婢春黄糜。

萧后去扬州，突厥为阏氏。女子固不定，士林亦难期。

射钩后呼父，钓翁王者师。无国要孟子，有人毁仲尼。

秦因逐客令，柄归丞相斯。安知魏齐首，见断箦中尸。

给丧蹶张辈，廊庙冠峨危。珥绍七叶贵，何妨戎虏支。

苏武却生返，邓通终死饥。主张既难测，翻覆亦其宜。

地尽有何物，天外复何之？指何为而捉？足何为而驰？

耳何为而听？目何为而窥？己身不自晓，此外何思惟。

因倾一樽酒，题作杜秋诗。愁来独长咏，聊可以自贻。

【原诗】

忆江南　三首

江南好，风景旧曾谙。

日出江花红胜火，

春来江水绿如蓝，能不忆江南？

江南忆，最忆是杭州。

山寺月中寻桂子，

郡亭枕上看潮头，何日更重游？

江南忆，其次忆吴宫。

吴酒一杯春竹叶，

吴娃双舞醉芙蓉，早晚复相逢。

【语译】

江南好，风景都是旧时所熟谙。

日出时江畔的红花胜过火，

春天来临时江水犹如靛蓝，怎能不让我追忆江南？

江南使人追忆，最值得追忆的是杭州。

在山寺月光中寻找桂子，

在郡亭卧着枕上看潮水浪头，不知何日再能重游？

江南使人追忆，其次是追忆吴宫。

吴酒一杯醇得像春天的竹叶，

吴娃双双的舞姿像沉醉的芙蓉，早晚会再相逢。

【赏析】

《乐府杂录》说："《望江南》(《忆江南》一曰《望江南》)本名《谢秋娘》，李德裕镇浙西，为姜谢秋娘所制。后改为《望江南》。"

此选三首为白居易所作。第一首写江南的风景，有红欲燃的鲜花，绿如蓝的江水。第二首写江南的杭州。白居易出任杭州太守，是他为脱离李宗闵和李德裕的争权，而自求外放。他在杭州时，兴修水利，西湖中的白堤就是他所筑。加之杭州以下，钱塘江面宽阔，构成喇叭形之杭州湾，海水涨潮时，与江山激荡，犹如万马奔腾，排山倒海之势，所以《武林旧事》说："浙江之潮，天下之伟观也，自既望以至十八为最盛。方其远出海门，仅如银线，既而渐近，则玉城雪岭，际天而来，大声如雷霆，震撼激射，吞天沉日，势极雄豪。"所以白氏最忆杭州处即在"郡亭枕上看潮头"。

第三首写江南使人追忆的第二件事是吴宫。吴宫为吴王夫差之宫。李白《登金陵凤凰台》诗："吴宫花草埋幽径，晋代衣冠成古丘。"吴之馆娃宫即夫差筑以居西施。吴娃就是吴国之美女。李善引《吴都赋》注说："吴俗以美女为娃。"李白《忆旧游书怀赠韦太守》诗："吴娃与越艳，窈窕夸铅红。"

至于《忆江南》的字数长短大致已有一定格式，而且刘禹锡也有《忆江南》之作，他并在《忆江南》自注中说："和乐天春词，依《忆江南》曲拍为句。"是文人依曲填词的最早记载。

杂歌谣辞

郭茂倩《乐府诗集》说:"……若斯之类,并徒歌也。《尔雅》曰:'徒歌谓之谣。'……《韩诗章句》曰:'有章曲曰歌,无章曲曰谣。'……"所以他上自唐虞下迄隋唐收录歌谣凡七卷,内容十分庞杂。其中上古歌谣多系伪作。而且汉乐府中本就有些是赵代秦楚之讴,后经李延年等略论律吕以后,才成乐章。所以《宋书》卷二十一《乐志三》说相和歌原属"汉世街陌讴谣"。而《晋书》卷二十三《乐志下》也说吴声歌"始皆徒歌,既而被之弦管"。所以讴谣、徒歌原不入乐,不应算是乐府。则杂歌谣只是乐府的原料而非乐府本身(参冯沅君《中国诗史》)。所以本篇中不收录作品。

新乐府辞

　　《乐府诗集》说:"新乐府者,皆唐世之新歌也。以其辞实乐府,而未常被于声,故曰新乐府也。"所以新乐府和杂歌谣一样也是不入乐的。所以它只是诗,后人虽题名乐府,只是"借旧瓶装新酒",并无乐府之实。《乐府诗集》凡收录十一卷,皆唐人作品,其中许多作品皆入"唐诗"赏析之范畴,本书也不录。

《中国历代经典宝库》总目